GIALLO E NERO

Impaginazione e redazione: Sara Signorini *e* Antonella Lavorato

www.battelloavapore.it

Questo libro è stato pubblicato con il titolo *I tre delitti di Anubi* da Edizioni Piemme, Milano, 1998

Titolo originale: Les trois crimes d'Anubis

Pubblicato per PIEMME da Mondadori Libri S.p.A.
I Edizione 2018

ISBN 978-88-566-6605-2

Anno 2019-2020-2021 Edizione 2 3 4 5 6 7 8 9 10 11

Finito di stampare presso Grafica Veneta S.p.A.
Via Malcanton, 2 – Trebaseleghe (PD)
Printed in Italy

Didier Convard

L'ombra dello Sciacallo

Traduzione di Michela Finassi Parolo

IL BATTELLO A VAPORE

PIEMME

1

Il primo delitto di Anubi

Quel venerdì mattina, aprendo la cassetta delle lettere per ritirare la posta, il professor Léonard Mélisson non sa che gli rimangono soltanto pochi minuti di vita.

Come ogni mattina da quando è andato in pensione, l'uomo, già anziano, fa gli stessi gesti, ormai divenuti rituali. Prende distrattamente le buste senza neanche guardarle, se le caccia nella tasca della vestaglia, va nello studio della sua villetta, accende la luce e si siede sulla vetusta poltrona di cuoio screpolato. Quindi, sospira.

È sempre in quel momento che tira il primo sospiro della giornata. Per abitudine. Certamente a causa del piccolo sforzo per scendere la scala che dalla camera da letto porta al pianerottolo sottostante. Trentasette gradini. Nove passi fino alla porta dell'ingresso. Diciassette passi per accedere al salotto...

Sospira ancora una volta e tira fuori dalla tasca il fascio di lettere per appoggiarsele sulle ginocchia, getta loro un'occhiata, prende gli occhiali che erano rimasti sul tavolo a portata di mano e li inforca.

Adesso la cerimonia dello spoglio della corrispondenza può iniziare. Le buste vengono accuratamente aperte, le lettere o le bollette vengono tirate fuori, lette con attenzione, quindi suddivise in due mucchietti ai suoi piedi. Un primo mucchio per quelle che non necessitano risposta. Un secondo mucchio per quelle, più rare, che obbligheranno Léonard Mélisson a sedersi alla scrivania per il quotidiano lavoro di penna.

Ma quel venerdì mattina, il professor Léonard Mélisson fa una scoperta sorprendente, che lo mette a disagio. «Uno scherzo!», pensa vedendo una busta bianca. Interamente bianca! Una busta senza il suo nome, senza l'indirizzo! S'interroga un momento, rigirandola fra le mani, stupito, curioso e inquieto. E poi, c'è quel leggero profumo che di colpo aleggia intorno a lui. Un odore strano, molto discreto, ma talmente insolito che a tutta prima crede di sognare.

– A meno che non sia una delle solite pubblicità ridicole –

dice a bassa voce. – Non sanno più che cosa inventare pur di vendere!

Di cattivo umore, rabbuiato in volto e la fronte solcata da due profonde rughe, strappa rabbiosamente la busta e ne tira fuori un foglio piegato in quattro. Lo apre e rimane talmente sconvolto che s'irrigidisce di colpo, la schiena incollata alla poltrona. Anche il foglio, così come la busta, è bianco. Bianco su entrambi i lati!

Eppure quella lettera gli comunica un messaggio che lo fa tremare come una foglia, come se all'improvviso ne comprendesse il significato.

Il professor Léonard Mélisson lascia ricadere la mano che tiene la lettera nuda. La guarda, pallido, inorridito, la bocca semiaperta. Il suo corpo è interamente percorso da tic nervosi.

Allora, lentamente, china la testa e annusa il pezzo di carta.

– Anubi! – mormora analizzando il profumo mentolato che si sprigiona dal messaggio. Perché è l'unica cosa che contiene la lettera senza nome: un acre profumo di menta speziata!

Léonard Mélisson ha abbandonato la poltrona. Ora cammina su e giù nello studio come il vecchio orso che è divenuto col passare del tempo, la testa incassata fra le spalle, le braccia penzoloni, la fronte china.

Borbotta qualcosa, di tanto in tanto si ferma per sprofondare in meditazioni dalle quali emerge ogni volta più agitato, più terrorizzato.

«Quell'odore di menta» continua a ripetersi. «Quel terribile odore di menta che avevo dimenticato! Disgustose foglie di menta...»

Guarda il telefono, forse sta per sollevare la cornetta, ma cambia idea e ricomincia a girare in tondo, come una fiera in gabbia.

«No... Avevamo promesso di non telefonarci mai più... Perché anche la voce "Lui" può sentirla! "Lui" sa come captarla!»

Si ferma davanti alla finestra che si affaccia sul minuscolo giardino della villetta.

Per un effetto della luce, il vetro gli rimanda l'immagine, come uno specchio. Scoppia in una risata isterica alla vista di quell'uomo che porta sportivamente i suoi settant'anni e parla da solo, livido di paura a causa di una storia assurda.

– Che sciocchezza – esclama, rivolto al suo sosia trasparente. – «Lui» non esiste! Oppure è morto da secoli e non è altro che polvere nella sabbia del deserto! Morto, morto!

Un raggio di sole attraversa la finestra cancellando il riflesso del professor Mélisson. Piano piano, come una gomma, la luce bianca che invade il vetro gli ruba l'immagine.

Quel banale fenomeno contribuisce ad amplificare il panico dell'uomo facendogli tornare in mente un'antica poesia egizia:

Salute a te, Ra, Mio Maestro.
Per Te è venuta l'ora di apparire.
Per me è venuta l'ora di svanire.

Lo scricchiolio di un'asse del parquet lo costringe a voltarsi. Incapace di controllare il tremito delle mani, un sudore gelido gli corre lungo la schiena, muove un passo, poi un altro...

Una lieve corrente d'aria all'altezza delle caviglie lo fa rabbrividire.

– «Lui» è là – riesce ad articolare con un filo di voce, la gola secca. – «Lui» è entrato in casa mia. «Lui» è venuto a prendermi...

Léonard Mélisson sa che dovrebbe girarsi verso il telefono, comporre il numero del commissariato di polizia o quello dei Béranger, i suoi vicini. Potrebbe gridare aiuto, fare in modo che qualcuno venga a soccorrerlo. Sarebbe inutile.

Un secondo scricchiolio del parquet risuona in

corridoio, a soli cinque metri dal professore. Dietro il tramezzo.

Mélisson è paralizzato dalla paura. Rimane in piedi in mezzo alla stanza, percorso da fremiti via via più convulsi. Attende. Sa di non poter fare nient'altro. Fra meno di un minuto lui, il professor Léonard Mélisson, il celebre egittologo, non sarà più di questo mondo.

Pronuncia un'ultima parola: – ANUBI.

La prima cosa che nota Huguette Sauvignard - la domestica del professor Léonard Mélisson - quando arriva per prendere servizio, è il cancello del giardino, socchiuso. Conoscendo il carattere metodico, quasi maniacale, del professore, se ne stupisce. Poi, guardando più da vicino, viene subito colta da un'inquietudine. La serratura del cancello è stata forzata!

– Professore!

Huguette Sauvignard ha gridato con voce stridula. Non ricevendo risposta, muove un passo incerto sull'acciottolato del viale d'ingresso.

– Professore, sono io, la signora Sauvignard!

– E allora, che cosa sta succedendo? – domanda una voce alle sue spalle.

– Ah, signor Béranger! – esclama la donna riconoscendo il vicino di Léonard Mélisson.

Il signor Béranger tiene stretti contro il petto un filoncino di pane e qualche croissant.

Stava ritornando a casa per prepararsi una colazione grondante burro e marmellata da condividere con la moglie.

Sposta la mole immensa, sbuffando come un lottatore di sumo in pieno sforzo, e alla fine raggiunge Huguette Sauvignard.

– E allora? – ripete, sollevando il mento di scatto, con la sua aria da maresciallo in pensione.

– Lo vede da lei – gli risponde la domestica. – Non è normale, questo è poco ma sicuro! Ho paura che sia capitato qualcosa di brutto al professore. Guardi... Soltanto io, il postino e il professore abbiamo la chiave del cancello... Stavo proprio per aprire quando... – e indica la serratura che un piede di porco è certamente riuscito ad aprire senza difficoltà.

L'omone si china lentamente sul chiavistello, lo esamina dai due lati, dà di nuovo un colpetto di mento al vuoto, si raddrizza e, col tono grave di chi è abituato a prendere tali decisioni, annuncia: – Bisogna entrare! Ma lei, signora Sauvignard, resti qui... Aspetti, mi tenga il pane e i croissant...

Dopo essersi alleviato del peso di una parte della colazione, il signor Béranger, testa alta e schiena diritta, avanza sul vialetto, facendo scricchiolare la ghiaia a ogni passo.

Huguette Sauvignard lo guarda con ammirazione e angoscia. Nulla si è mosso in casa. A parte il rumore da elefante che fa l'enorme vicino, regna il silenzio. Un silenzio insolito.

Il signor Béranger è arrivato alla scala. Sale i cinque gradini e lancia un'imprecazione. Spingendo appena la porta, questa si è aperta immediatamente.

O il professor Mélisson la sera prima ha dimenticato di chiuderla a chiave, un'ipotesi impensabile, conoscendolo; o l'intruso che ha forzato la serratura del cancello che dà accesso al giardino è riuscito a penetrare nella villa.

In altre circostanze, il vicino si sarebbe limitato a ritornare sui suoi passi per telefonare subito al commissariato. Ma ha l'onore da difendere: la signora Sauvignard è lì e non gli leva gli occhi di dosso.

Memore di un passato glorioso in cui allenava reparti d'assalto, apre la porta non prima di aver gettato una rapida occhiata intorno a sé.

Rassicurato, si addentra con prudenza nell'ingresso della villa. Una corrente d'aria fredda che arriva da dietro gli gela le caviglie.

– Vede qualcosa? – gli chiede la voce stridula della domestica, rimasta in giardino.

– Questo è il problema – borbotta. – Se in casa c'è qualcun altro oltre il professore, adesso sa che anch'io sono qui! Sono un bersaglio perfetto... Impossibile mancarmi!

Di fronte a lui, la scala che porta alle camere da letto.

Nessun rumore, come sempre. Béranger conosce bene «il terreno», per aver giocato sovente a scacchi con il professore, nelle lunghe sere d'inverno. Lì c'è il piccolo corridoio che porta in cucina... Qui, lo studio che Mélisson ha ricavato sacrificando una parte della grande sala da pranzo...

Lo studio. Perché l'omone si sente attirato da quella stanza? Il profumo, forse! Quel profumo così sottile che ricorda la menta, fragile, quasi impercettibile, sprigionandosi dallo studio induce Béranger ad avventurarsi là dentro.

– Vede qualcosa, signor Béranger? – gli urla Huguette Sauvignard, dalla retroguardia.

– Eccome se vedo! – mormora in un soffio.

Il professor Mélisson giace sul tappeto, le braccia spalancate come in croce. Guarda, senza vederlo, un angioletto di gesso degli stucchi sul soffitto.

Quel che i suoi occhi morti avevano visto poco prima doveva essere spaventoso, a giudicare dall'espressione terrorizzata che lo sfigura, conferendogli l'aspetto di una statua d'argilla cui è stato deturpato il volto.

Béranger si volta per lasciare la stanza quando un rumore attutito, al piano di sopra, lo fa irrigidire, bloccandogli il respiro.

Ma è soltanto un gatto. Un gatto nero con grandi occhi fissi, brillanti, che scende le scale, piano piano, saltando delicatamente sui gradini. Altezzoso, il dorso rilassato, passa davanti al signor Béranger ignorandolo, per scivolare nello spiraglio della porta d'ingresso e dileguarsi in giardino.

L'uomo non riesce a reprimere l'orrore che l'animale ha fatto nascere in lui.

«Mélisson non ha mai avuto gatti!» pensa. «E questo qui aveva un odore strano... Un profumo di menta!»

2

Il segreto di Quentin

Venerdì, diciotto e trenta, lo squillo del telefono... Quentin si precipita sulla cornetta.

«Questo è papà che mi dice che sarà in ritardo!»

– Pronto?

– Quentin? Sono il papà. Tua madre non è ancora rientrata?

Il ragazzo sorride tra sé e sé.

– No, è alla libreria. Credo che debba decidere l'assortimento di non so più quale pacco di libri sull'arte fiamminga. E tu dove sei? Ti sto aspettando.

Imbarazzo del padre. Il solito colpetto di tosse.

– Sono ancora in ufficio. Verrò un po' più tardi... È per un caso nuovo che ci è capitato fra capo e collo!

«Ci avrei scommesso!» pensa Quentin, immaginando già la frase che segue.

– Sarò da te fra meno di due ore, promesso!

– Ti credo, papi.

– Ma tu non mangiare, d'accordo? Ti avevo detto che saremmo andati al ristorante. Ho scovato un posticino nuovo, davvero ok. Ti piacciono sempre le scaloppe alla valdostana? Sai, quelle col formaggio e il prosciutto...

– Mi piacciono sempre. La mamma non le ha più fatte da quando... – ma Quentin si trattiene.

Stava per parlare del divorzio e quella parola gli brucia le labbra. Ormai è un anno che i suoi genitori si sono separati. Un anno troppo pesante per un ragazzo che non vuole capire le ragioni importanti che inducono due adulti ancora innamorati a lasciarsi per vivere ciascuno la propria vita.

Il silenzio sulla linea è durato pochi secondi. È il padre a spezzarlo: – Aspettami, Quentin. Ti prometto che farò in fretta. Però tu mi capisci, vero?

– Ma certo! Di che si tratta, stavolta?

– Un omicidio. È stato assassinato un certo professor Mélisson. All'inizio, quando è stato scoperto da un vicino, le apparenze potevano far credere a una crisi cardiaca. Ma il medico legale ha scoperto un minuscolo ago nella nuca del defunto. Una punta avvelenata con una soluzione originale, nella quale c'entra anche dell'estratto di menta... Te lo spiegherò più tardi.

Il nome di Mélisson dice qualcosa a Quentin. Fruga nella sua memoria dove tutto è perfettamente sistemato, etichettato, classificato. «Mélisson. Léonard Mélisson, nato nel 1927. Egittologo di gran fama. Ha preso parte a numerosi scavi archeologici tra cui quello, più importante, di Deir El-Medineh, a sud di Tebe, sulla sponda sinistra del Nilo... Autore di molteplici opere e di un film su Akhenaton, il faraone maledetto.»

– D'accordo, ti aspetto, papi – e Quentin riattacca.

Ha due ore di margine, visto che sua madre rientrerà certamente tardissimo come ogni venerdì, approfittando delle serate in cui l'ex marito viene a prendere il loro figlio per passare insieme il fine settimana.

«Ho tutto il tempo di andare a trovare Diogene» si dice il ragazzino.

S'infila un maglione, si mette le scarpe da tennis e scarabocchia due righe per sua madre, nel caso in cui quest'ultima infrangesse le abitudini tornando a casa più presto del solito.

Due giri di chiave nella serratura, tre piani da scendere precipitosamente nel tentativo di guadagnare un secondo sul tempo record stabilito la settimana precedente... Arrivo al pianoterra, un'occhiata al cronometro da polso per leggere il verdetto. «E voilà! Quentin ha battuto il record, scendendo tre piani di scale in meno di dodici secondi!»

Fiero di sé, si ficca le mani in tasca e, fischiettando una canzone molto in voga in quel momento, attraversa il cortile del palazzo numero quattro, avenue Porte Brancion, nel quindicesimo arrondissement di Parigi. Prende a destra, in direzione di Vanves.

È autunno, e la città sta godendosi le ultime serate di luce. I palazzi che costeggiano la tangenziale si stagliano contro un cielo grigio-azzurro, che solo l'inquinamento sa rendere così intenso.

Mentre cammina, Quentin ripensa a quel che suo padre gli ha detto a proposito dell'omicidio del professor Mélisson. È l'arma del delitto ad attirare la sua attenzione. Una punta avvelenata!

Quentin smette di fischiettare. Si ferma qualche secondo per riflettere. Impone alla sua memoria di tirar fuori il «dossier» dove si parla di delitti perpetrati da assassini che utilizzano cerbottane.

Il computer naturale del ragazzino ha trovato rapidamente i dati richiesti. «Il caso dei tre fratelli peruviani. Arrestati nel 1994 a Bayonne. Sospettati giustamente di aver ucciso alcuni familiari per godere dei benefici di una grossa eredità. Avevano utilizzato un'arma antica e tradizionale, in uso secoli addietro nel loro paese di origine: una cerbottana. Si erano serviti di un tubo per la tenda della doccia per confezionarla! Soltanto alla fine di una perquisizione molto approfondita erano state scoperte tracce di curaro all'interno di quel tubo innocuo!»

Quentin si rimette in marcia. Ha dimenticato l'insulso ritornello che in quel momento tutti hanno in testa. Si avvicina a un piccolo terreno incolto che una volta era stato un cantiere, sul quale avrebbe dovuto ergersi un garage. Ma dalla sera alla mattina i lavori erano stati sospesi, e nessuno ne conobbe mai la causa. Forse il fallimento di un imprenditore di pochi scrupoli?

Comunque, quale che fosse la ragione dell'arresto dei lavori, vicino alla tangenziale sopravviveva un prato incolto, in mezzo al quale avevano dimenticato un enorme deposito. Ed era là dentro, nella grossa cisterna di metallo arrugginito, che Diogene aveva eletto domicilio il primo gennaio di non si sa quale anno! E Diogene è diventato l'amico di Quentin.

In realtà, il vero nome di Diogene è Bernard Brugidou. Ma tale nome il vecchio l'aveva abbandonato il primo mattino di quel mese di gennaio di un nuovo anno che non doveva più assomigliare agli anni precedenti.

Prima di diventare un bizzarro vagabondo parigino filosofo, Brugidou era stato un ingegnere genetico di gran fama. Scapolo, abbrutito dal lavoro, stressato, sempre a frugare nell'infinitamente piccolo della materia, all'improvviso venne colto dal desiderio di dedicare il resto della propria vita a leggere, meditare, sognare! Sognare finalmente... Laggiù, sopra quel campetto pieno di erbacce e di ortiche, circondato da una palizzata mezza scassata, quell'uomo erudito si era trasformato in un Diogene barbuto. Da allora, nei grandi occhi verdi aveva preso a brillare una fiammella vivace che non si è mai più spenta.

Col passare del tempo, era riuscito a cancellare dalla mente il rombo incessante delle automobili sulla tangenziale.

Quentin fa scorrere due assi della palizzata che fungono da porta d'ingresso. Dopo averle rimesse a posto dietro di sé, il ragazzo si dirige verso la cisterna gigantesca davanti alla quale sono stati meticolosamente disposti un tavolo e due sedie pieghevoli.

Comodamente seduto sopra una sedia, voltando le spalle al viale che, di sotto, accoglie il traffico isterico del venerdì sera, Diogene è sprofondato nella lettura di un giornale. La radiolina, posata ai suoi piedi, trasmette un dibattito politico. Naturalmente il vecchio ha sentito Quentin ma, com'è sua abitudine, non reagisce subito. Attende che quest'ultimo sia arrivato quasi alla sua altezza, quindi lascia ricadere il giornale sulle ginocchia, solleva il volto magro e dice: – Credevo che fosse la sera di tuo padre! In ritardo anche stavolta?

Quentin tira verso di sé la sedia libera e si siede di fronte all'amico.

– Mi ha appena telefonato dall'ufficio. Gli è capitato un delitto tra capo e collo. Hai sentito le notizie?

– Sì. Sembra che abbiano trovato assassinato l'egittologo Léonard Mélisson nello studio della sua villa, a Sèvres. A sentire i giornalisti, il criminale ha dato prova di eccentricità. Avrebbe proiettato una piccola punta avvelenata nel collo della vittima. Ma ti rendi conto, ai nostri tempi? Abbiamo a disposizione i mezzi più sofisticati per eliminare il prossimo, e questo tizio si serve di un'arma vecchia come il mondo!

– È proprio per questo caso che mio padre è trattenuto in ufficio – puntualizza Quentin.

– Ah... – dice Diogene. – Allora immagino che lo aiuterai come hai fatto l'ultima volta con la storia della «Banda delle Maschere».

– Penso di sì. Ma non deve sapere nulla. Se avesse il

minimo sospetto che sono io il suo misterioso informatore, non so come reagirebbe!

Diogene gli fa l'occhiolino, la sua barba si distende in un sorriso, mille piccole rughe solcano le gote pallide.

– E soprattutto saresti costretto a svelare il tuo segreto, Quentin! Un bel segreto, non è vero?

Il ragazzo non risponde. Non ama parlare del suo segreto. Perfino con il suo migliore amico, la sola persona al mondo con cui si sia mai confidato, e che non lo tradirebbe per nessun motivo.

Diogene continua: – Capisco che hai delle buone ragioni. Ma non deve essere facile mentire con te stesso ogni giorno, mostrando agli altri l'immagine di un ragazzo normale. Non ti capita mai di dimenticartene?

Quentin sospira e risponde: – Sì, e sempre più spesso. Non sono abbastanza prudente. L'altro ieri, durante il compito in classe di matematica, al momento di consegnare il testo al professore, mi sono accorto di avere corretto l'enunciato e riscritto interamente i dati. Ho dovuto rifare il compito in classe in meno di due minuti e ingegnarmi a metterci dentro qualche errore per non attirare l'attenzione!

– E la tua memoria? – domanda il vecchio. – Non sono mai riuscito a capire come hai fatto ad addomesticarla. Io, se avessi la fortuna di avere una memoria come la tua, non sarei capace di controllarla. Mi sentirei costretto a ristabilire la verità nelle chiacchierate più banali... È incredibile quante sciocchezze dica la gente!

Quentin si stringe nelle spalle.

– Ci ho fatto l'abitudine – mormora. – L'importante è starsene zitti. Mi prendono per un adolescente sognatore, un po' asociale, e il gioco è fatto! Adesso i miei genitori lo mettono in conto al divorzio. Gli amici nonostante tutto mi considerano un «secchione», però mi hanno accettato. Ma è dai prof che devo guardarmi. Ho un bel ficcare qualche errore qua e là, e non ripassare la lezione, niente da fare: ho i voti migliori e sono sempre il primo della classe. E questo dall'asilo!

– Io ero un po' come te; te l'ho già detto – interviene Diogene. – Sì, anch'io ero un bambino superdotato... Ma ho avuto il torto di farlo vedere e mi hanno subito piazzato in una scuola speciale. Una fabbrica di cervelloni! Roba da élite!

– Ed è esattamente quello che non voglio – dice Quentin. – È il nostro segreto, Diogene. Solo tu sai che sono un superdotato. Non ho nessuna intenzione di venire trasformato in una cavia perché le mie doti possano essere oggetto di studi.

Diogene si china per posare una mano sulla spalla del giovane amico.

– È il nostro segreto – riprende. – Nessuno, tranne me, saprà mai nulla. Ma dimmi piuttosto, come pensi di aiutare tuo padre nella sua indagine, stavolta? Sono impaziente di conoscere le avventure dell'ispettore Sébastien Victor e del suo enigmatico informatore.

– Non possiedo ancora dati sufficienti – precisa il ragazzo.

– Be', posso comunicarti quelli che hanno dato alla radio, così ti farai una prima idea.

Diogene fa un riassunto delle poche informazioni colte attraverso i numerosi collegamenti che si sono ripetuti nel corso della giornata. Parla dell'uomo che è stato intervistato e che ha avuto il coraggio di entrare nella villa dell'illustre vicino, ben sapendo che la porta era stata forzata. Rievoca la domestica, la prima persona ad accorgersi che era successo qualcosa di tragico. Dice che il professor Mélisson probabilmente è morto intorno alle nove di mattina. Stava palesemente leggendo la posta...

– Tutto qui? – domanda Quentin, deluso.

Diogene si raddrizza, un po' seccato.

– Che cosa vuoi sapere ancora? È successo soltanto stamattina. Tuo padre ne saprà certamente di più; immagino che non abbiano lasciato filtrare molti particolari per non compromettere le indagini!

– Scusami! – mormora Quentin. – Sì, papà mi metterà senza dubbio al corrente di tutto quello che mi servirà per potergli dare una mano! È abituato a parlarmi del suo lavoro; pensare ad alta voce lo aiuta.

– Per di più non gli verrebbe mai in mente che, così facendo, in realtà istruisce il suo informatore! Tra l'altro, camuffi sempre la voce allo stesso modo, quando gli telefoni?

Il ragazzo si mette a ridere pensando alla messa in scena che ha escogitato per aiutare suo padre. Ha copiato la tecnica che aveva visto in un film alla televisione.

– Mi pinzo il naso e parlo nella cornetta dopo averla infilata in una calza. Papi mi ha parlato sovente del suo informatore, descrivendone la voce nasale. L'ha soprannominato «Paperino», e non la smette di ripetere che gli piacerebbe tanto mettergli le mani addosso, per scoprire come è fatto! Se sapesse... Se sapesse che Paperino non è altri che suo figlio, al quale pensa di fare solo qualche confidenza!

Diogene si alza dalla sedia per entrare nella cisterna che gli funge da casa, dopo aver chiesto al giovane amico di aspettarlo un minuto. – Forse ho qualcosa per te.

Dopo un po' di tempo, ne esce tenendo in mano un piccolo fascio di giornali ingialliti, tenuti insieme da un elastico.

– Tieni, puoi consultarli – e tende il pacchetto a Quentin che lo accetta, stupito.

– Che cosa sono?

– Negli anni Sessanta, ero abbonato a una miriade di giornali. Sai quanto mi piaccia leggere; non avendo la tua memoria, ho preso l'abitudine di conservare tutto quel che leggo. La mia unica ricchezza sono le centinaia di libri, le migliaia di giornali e riviste che tengo impilate in questo posto...

– Me n'ero accorto – esclama Quentin, il quale aveva già visitato la cisterna di Diogene: la prima volta si era stupito nel vedere che c'erano soltanto libri. Libri dappertutto. Pile di libri alte fino al soffitto, si elevano come muri, aprendosi in strette finestrelle, macchie d'ombra su altre pile di libri. Il tavolo è fatto di libri. La rete del letto è costituita da sei o sette file di libri dello stesso spessore. Una semplice stuoia è stata posata su quello strano materasso, e Diogene ci dorme le sue quattro ore per notte.

– Rammendo i miei vecchi sogni – aveva spiegato a Quentin, quando si erano incontrati la prima volta. – Devi sapere che il sogno è la cosa più importante che il cervello umano possa creare. Nel sonno ci si limita ad abbozzare qualche misera chimera. Ma soltanto da sveglia, la mente ha i mezzi per interpretarli, per completarli, dando loro un senso!

Quentin guarda la pila di giornali. Guarda rapidamente la copertina del primo. Al suo cervello di superdotato ci vogliono meno di cinque secondi per leggere interamente la pagina e memorizzarla.

– Ho capito! – mormora al vecchio amico, il quale non riesce a celare un moto di soddisfazione.

Diogene puntualizza: – Il professor Mélisson scriveva regolarmente su questa rivista, *Storia Antica*. Vi confidava le sue teorie, proponeva i risultati degli scavi realizzati ogni anno nei posti che amava di più. Ti basteranno dieci minuti per leggere tutti i suoi articoli. Credi che ti possa interessare, Paperino?

– Forse – risponde Quentin, pensieroso.

Si alza di scatto.

Te ne vai di già? – esclama Diogene. – Hai tutto il tempo...

– Non il venerdì sera, e tu lo sai bene. Ho fatto solo una scappatina. Passerò lunedì uscendo da scuola.

– Lunedì – sospira il vecchio allargando le braccia.

– Non è poi così lontano, Diogene. Non farmi la scena del vagabondo solitario, ti riesce malissimo!

– Ho l'impressione che tu stia crescendo più in fretta dei ragazzi normali!

– Ma io sono normale! – ribatte Quentin, girando sui tacchi. – Normale come un ragazzo di tredici anni!

Mi piacciono il calcio, le pizze, i film d'azione, i libri di Stephen King e le ragazze!

Giunto vicino alle due assi della palizzata che bisogna sollevare per uscire, Quentin si gira verso Diogene, il quale non si è mosso di un millimetro; stagliandosi contro la tangenziale piena di traffico esclama: – Ho soltanto il quoziente intellettuale di Einstein! Ma questo è il nostro segreto, non è vero?

Poi, con le riviste degli anni Sessanta sotto il braccio, torna a casa per aspettare suo padre.

Il ritornello della canzonetta in voga aleggia intorno a lui. Si rimette a fischiettarla. Ma pensa a tutt'altro... Sa già che lunedì a mezzogiorno Paperino telefonerà all'ispettore Sébastien Victor.

3

L'ombra dello Sciacallo

Antoine Rébouvile apprende dell'omicidio del professor Mélisson dalla televisione, la guarda spesso da quando è andato in pensione. Laure, sua moglie, è vicino a lui. L'anziana donna vede il marito sobbalzare come sotto l'effetto di un elettrochoc. Le labbra, di colpo sbiancate, si mettono a tremare.

– Mélisson! – mormora. – Mélisson è stato ucciso...

Laure si è alzata dalla poltrona e, zoppicando, va in bagno a prendere un flaconcino e un bicchiere d'acqua.

– Prendi le tue gocce – dice.

– Grazie.

L'uomo afferra nervosamente il bicchiere. Lascia che

la moglie ci faccia cadere dentro le dodici gocce, contandole meticolosamente a una a una.

– Dovresti distenderti, Antoine – gli consiglia. – Sei così pallido! Non stai male, vero?

Lui scuote la testa. Per rassicurarla. Ma sente un dolore al petto. Il suo cuore logoro e malandato ha cambiato ritmo e batte in modo irregolare.

La voce del giornalista, alla televisione, ha cambiato argomento. Rébouvile ingurgita l'amara pozione facendo una smorfia.

– Non vuoi distenderti un pochino? – gli chiede di nuovo la moglie.

Lui obbedisce.

Adesso è in camera sua, sul letto, la schiena ben distesa. Le tende sono chiuse e Laure ha lasciato accesa soltanto l'abat-jour. Guarda gli oggetti che hanno invaso quella stanza così come tutte le altre stanze del suo appartamento: statuette di dèi egizi, gioielli d'oro, papiri, frammenti di *ostrakon* usati anticamente per scrivere... E poi quella testa che sembra sbucare dal muro, di fronte a lui. Il volto del dio Sciacallo. Il maestro della grande necropoli, sovrano delle tenebre e del regno infinito della morte. Anubi...

Antoine Rébouvile si ricorda perfettamente del giorno in cui, insieme al professor Mélisson e a un terzo archeologo, hanno tirato fuori, dalla sabbia di una tomba profonda, la testa di Anubi contemporaneamente al sarcofago dell'architetto Pazer. La mummia di quest'ultimo prosegue oggi l'eterno viaggio immobile attraverso i «campi d'Oriente» dentro una vetrina del Louvre. Erano gli scavi archeologici di Deir El-Medineh, chiamata anche «La Piazza di Maât», che significa il luogo ove regna l'armonia universale.

Ricorda troppo bene quel giorno terribile, che in seguito ha alimentato i suoi incubi.

– Perché... – mormora fissando gli occhi bianchi del dio Sciacallo.

Immagini contrastanti gli ritornano in mente. Poi le grida. Lunghe grida che lacerano ancora la sua memoria. Un richiamo, dei singhiozzi, un grido più soffocato e infine il silenzio! Il silenzio della tomba scoperta nella regione di Deir El-Medineh dove la missione Mélisson si era insediata alla fine del 1961 per terminare nel gennaio del 1962...

«Se soltanto non fosse successo! Se soltanto potessi tornare indietro e cancellare tutto quell'orrore!»

Le urla, l'odore spaventoso in cui si mescolavano profumi noti, la fuga...

Antoine Rébouvile si raddrizza per sedersi sul bordo del letto.

«E adesso tocca a me?»

Sostiene lo sguardo fisso della testa di legno dipinto di Anubi. Sa, per averlo sperimentato mille volte, che pur spostandosi nella stanza avrà l'impressione che gli occhi del dio Sciacallo lo seguano sempre.

«Il primo è caduto» pensa. «È normale. Logico! Sì, il primo nome è stato cancellato. Il mio dovrebbe seguirlo... Poi toccherà a Henri!»

Il vecchio si alza. Sente sua moglie affaccendarsi in cucina. Ormai niente ha più importanza. Sarà morto tra qualche ora, o forse tra un giorno o due. Logico!

– Ti sei riposato? – gli domanda Laure quando lui la raggiunge.

– Abbastanza.

– Secondo te, perché hanno assassinato il professore?

Si stringe nelle spalle. Che cosa potrebbe risponderle? Se anche tentasse di confessarle quel che era capitato il 15 gennaio del 1962, se anche le raccontasse dall'inizio alla fine quella terribile giornata, come farle capire che il criminale che ritorna dal passato è soltanto un'ombra?

E lui, Antoine Rébouvile, archeologo e specialista in divinità egizie, non saprebbe trovare le parole per tradurre la sua paura. Una paura strana che ha un odore particolare!

Quentin osserva suo padre che mangia appena, distrattamente, giocherellando con la forchetta o fissando lo sguardo sul bicchiere, senza vederlo.

– A che pensi, papi?

L'ispettore sembra emergere di colpo dai suoi pensieri. Sorride al figlio e gli strizza l'occhio.

– Scusami, Quentin! Non solo vengo a prenderti con più di due ore di ritardo, ma adesso me ne sto a rimuginare nel mio angolino.

– Sei preoccupato per il caso Mélisson?

– In effetti... – ammette Sébastien Victor. – Non so da che parte cominciare. È a causa della punta avvelenata che il medico legale ha scovato nella nuca di quel vecchio! È insolito, non trovi? Un modo davvero insolito per assassinare qualcuno in casa sua!

Quentin si guarda bene dal dire il contrario, per il momento vuole soltanto conoscere da suo padre i dettagli sulla scoperta del cadavere. Quindi lo lascia proseguire, ben sapendo che così suo padre, il quale non ha la minima idea delle doti del figlio, gli fornirà informazioni utilissime.

– Vedi, – inizia – io e i miei uomini siamo certi che l'assassino non abbia rubato niente nella villa. Si è introdotto in casa Mélisson soltanto per ucciderlo. Per di più doveva essere là dentro da un po' di tempo, nascosto in una stanza al pianterreno. Non ha lasciato tracce. Ma quel che più c'incuriosisce è una lettera stranissima.

Subito interessato, Quentin domanda: – Di che lettera parli?

– Non è propriamente una lettera. Non la si può chiamare così. Durante la perquisizione dello studio del professore, abbiamo ricostruito che è stato trafitto dalla puntura letale mentre leggeva la corrispondenza. Tra le lettere, ce n'era una completamente bianca.

– Completamente bianca? Non c'era scritto proprio niente? Neanche in trasparenza, con un inchiostro speciale?

Sébastien Victor sorride e continua: – Abbiamo pensato la stessa cosa, Quentin. Ma il laboratorio ha confermato che è un banalissimo foglio bianco. L'unica nota originale, ed ecco che la storia si fa interessante, è che quel pezzo di carta era profumato!

Stavolta, la curiosità di Quentin è irrefrenabile.

Suo padre prosegue: – Dev'esserci certamente un legame tra la lettera e l'assassino perché il profumo utilizzato è stato composto su di una base di menta! Ed è proprio l'estratto di menta che abbiamo isolato fra gli elementi del veleno sulla punta ritrovata nella nuca del cadavere. Menta in quantità sufficiente perché i chimici la possano rilevare. Come se l'assassino avesse voluto in un primo tempo avvertire la vittima di quel che lo attendeva. E poi, in un secondo tempo, firmare il suo gesto.

Sébastien Victor smette di parlare giusto il tempo che il cameriere porti via i piatti dando loro la carta dei dessert.

Quentin, pur conoscendo a memoria il menu per averlo letto una sola volta all'inizio della cena, fa comunque finta di studiarlo di nuovo. Ma la scelta risale a molto tempo prima, e ordina una fetta di torta al cioccolato con la crema pasticciera. Suo padre prende solo un caffè.

Il cameriere si allontana e l'ispettore continua: – E non è tutto! È stato un vicino a scoprire il professore; un certo Jean-Benoît Béranger... L'ho interrogato non appena sono giunto sul posto ed era ancora sotto choc. Mi ha parlato del cancello del giardino aperto, il che aveva destato i sospetti della domestica, venuta lì a prendere servizio. Mi ha detto che la porta della villa, anch'essa forzata, era stata rimessa a posto. Aveva dovuto spingerla per entrare nell'ingresso. Il che spiega che il professor Mélisson non avesse trovato nulla di anomalo andando a ritirare la posta nella buca delle lettere, perché, oltre a lui e alla domestica, solo il postino possiede una chiave per entrare in giardino e arrivare alla porta d'ingresso.

Quentin domanda: – Hai visto il postino, papi?

– Ma certo! Mi ha detto di essere entrato dal cancello del giardino verso le otto, e di averlo aperto con la sua chiave. La serratura era in perfette condizioni. Ha infilato la posta nella cassetta delle lettere e prima di andarsene via ha dato un giro di chiave.

– Il che significa che l'assassino ha scassinato il cancello dopo le otto. Non era ancora in casa quando il postino è arrivato!

Poiché il cameriere sta ritornando con la torta al cioccolato e il caffè, padre e figlio smettono di parlare.

Partendo all'attacco del suo dessert, Quentin, a bocca piena, fa notare: – Però, che coraggio quel tipo! Alle otto è già chiaro... Qualcuno avrebbe potuto vederlo scassinare la serratura.

– Il gatto... – dice Sébastien Victor, pensieroso. – Anche il gatto aveva odore di menta.

– Aspetta! Di che gatto stai parlando?

– Il vicino, Béranger... Ebbene, mi ha assicurato che c'era un gatto, nella villa, stamattina. L'animale è sceso dal primo piano per sparire in giardino. Quel tizio mi ha detto di aver notato che il gatto odorava di menta! E il professor Mélisson non aveva gatti.

Tale rivelazione fa subito scattare il perfetto meccanismo della memoria di Quentin. Un momento prima, aspettando suo padre, aveva sfogliato alcuni dei giornali che gli aveva dato Diogene. Senza neanche rendersene conto, quasi a sua insaputa, interi paragrafi erano stati fotografati, selezionati e classificati nel cervello del ragazzo, come avrebbe fatto un computer sofisticatissimo.

Si ricorda di un articolo in particolare, dove veniva descritta la tomba di un architetto di Deir El-Medineh. Sopra uno dei muri della camera mortuaria, l'archeologo aveva notato l'immagine di un gatto che reggeva un coltello, nell'atto di uccidere un serpente ai piedi dell'Albero della Verità. Il gatto doveva simboleggiare il dio Ra, maestro della luce. Il serpente raffigurava le tenebre, il male. Dunque la scena rappresentava la lotta del bene e del male. Del giorno e della notte.

Suo padre continua a parlare, il che non impedisce a Quentin di riflettere. Una parte della sua mente rimane in ascolto, mentre un'altra si sofferma a recuperare tutto quel che concerne l'antico Egitto, con i suoi dèi, le sue leggende...

Tale esercizio intellettuale è divenuto, per il ragazzo, una normale abitudine. Gli fa guadagnare tempo prezioso nella vita di tutti i giorni. Talvolta sfrutta questa capacità per guardare un film alla tivù, ripassando mentalmente la lezione di scienze o di geografia.

La voce del padre continua: – In ufficio si pensa che l'assassino sia un folle che commette delitti teatrali perché la stampa e la televisione parlino di lui. Naturalmente i miei uomini stanno già cercando tra i conoscenti di Mélisson... Ma quel vecchio non aveva più nessun familiare, tranne il fratello André, molto più giovane di lui, che soffre del morbo di Alzheimer. Ed è stato proprio il professore a farlo ricoverare in un pensionato, e a provvedere a tutti i suoi bisogni, poco tempo fa. Sembra che quel poveretto non abbia capito quando, oggi in giornata, gli è stata comunicata la notizia della morte di suo fratello. La direttrice della casa di riposo ha spiegato all'ispettore Mallet che i due uomini avevano litigato e non si parlavano da più di trent'anni! Eppure, il professor Mélisson, venuto a sapere della terribile malattia di André, si era riconciliato con lui e gli pagava la retta in quel centro specializzato.

– Il morbo di Alzheimer è grave, vero? – domanda Quentin.

– Sì – risponde il padre. – Una zia di tua madre l'ha avuto. All'inizio tutto è cominciato con qualche piccola perdita di memoria, poi, nel giro di due anni, il suo cervello si è sgretolato completamente. Dopo, ha vissuto ancora per cinque anni in un mondo irreale. Non riconosceva più nessuno, in pratica non sapeva più parlare e aveva bisogno di aiuto per fare il minimo movimento.

– Peccato che il fratello del professor Mélisson ne sia colpito – sottolinea Quentin. – Magari avrebbe potuto metterti su una pista che tu non sospetti neanche!

– Lo so, e mi dispiace. Ma da lui non ci si può aspettare nulla. L'ispettore Mallet è andato a trovarlo per informarlo della tragedia. Il pover'uomo ha ascoltato senza batter ciglio, facendo finta di leggere un giornale, mentre fra le mani aveva un tovagliolo! Quando Mallet l'ha lasciato, André Mélisson credeva di leggere il titolo di un articolo dove si parlava di lui e di suo fratello. Parlava forte, con una voce impastata. Mallet pensa che sentendo pronunciare il nome di suo fratello, il malato abbia ritrovato qualche ricordo di gioventù.

La cena è finita. Di solito, l'ispettore Sébastien Victor approfitta di questi momenti in compagnia del figlio. In genere è lui che fa durare di più il pasto, obbligando spesso Quentin a prendere un altro dolce e concedendosi il lusso di un secondo caffè, il che, ogni volta, gli impedisce di dormire.

Invece quella sera chiama il cameriere per chiedergli subito il conto.

Quentin ha notato il nervosismo di suo padre. Indovina che la causa è questa indagine un po' speciale, ma lo è solo in parte. C'è qualcos'altro.

– Ti va di andare al cinema? – domanda Sébastien Victor.

– Perché no? Comunque, non mi pare che tu ne abbia molta voglia, o mi sbaglio?

– Ho la testa altrove. Ma se non vuoi rientrare subito...

Quentin gli sorride. Gioca a lasciargli credere che lui è un adolescente come gli altri, ma in realtà preferisce passare la serata ad ascoltare suo padre che parla di lavoro. Tutto ciò che gli dirà, verrà registrato, analizzato e trattenuto dalla sua mente, per poi essere collegato a ogni futura informazione. La memoria di Quentin non dorme mai. Lui la paragona a una bestiola domestica che sta sempre in guardia, le palpebre socchiuse, pronta a uscire dalla cuccia in caso di necessità. Suo padre possiede, senza saperlo, un assistente discreto, anonimo, fornito di un computer naturale infallibile. Invece Sébastien Victor deve prendere un sacco di appunti o parlare ininterrottamente nel dittafono per non cadere in errore. La sua memoria è fragile, aleatoria, spesso zoppicante. La memoria di un uomo normale di trentacinque anni!

– Sicuro che non ti dispiaccia rientrare?

– No, papi! Ci andremo domani sera.

Escono dal ristorante. Sta piovigginando. I marciapiedi hanno l'odore della polvere bagnata.

– Andava bene – dice Quentin.

– Che cosa?

– Il ristorante dove mi hai portato. È ok. Era quello che volevi farmi conoscere?

Sébastien Victor scuote la testa facendo una smorfia, il che significa che gli spiace di non essere stato attento. Quentin conosce troppo bene quella mimica... Non gli piace, perché detesta quando suo padre ha i sensi di colpa.

Soltanto dopo essere arrivati alla macchina, parcheggiata a cento metri dal ristorante, il padre si tradisce e confessa che cos'è a infastidirlo almeno quanto il caso Mélisson.

Con aria distaccata, falsamente naturale, chiede a Quentin: – Tua madre ha molto lavoro alla libreria, vero?

– Sì, molto.

– Ma non rientra tardi tutte le sere?

– No, papi. Soltanto il venerdì, lo sai...

Salgono in automobile. Sébastien Victor si sforza di apparire indifferente nel fare la domanda che più gli scotta: – Quel tizio... Come si chiama, già? Sai, il suo socio? Jean qualcosa, credo; va spesso in negozio o si occupa solo dei conti?

È in questo genere di situazioni che Quentin vorrebbe essere un ragazzo come gli altri. Alzerebbe le spalle, pronuncerebbe una frase fatta, una battuta, e se la caverebbe egregiamente. Senza difficoltà, soprattutto.

– Mi è parso di capire che va raramente in libreria – confessa, mentendo.

In parte rassicurato, suo padre mette in moto. Ma, mentre guida, l'espressione tesa non lo abbandona, e non parla più.

Quentin pensa a Jean Mélinot, il socio di sua madre. Un tizio alto, bruno, sempre con un sorriso a trentadue denti, che tra l'altro sono perfetti. Un bel tipo che gli uomini trovano insopportabile a causa del suo fascino, dell'eleganza e della voce grave e morbida. Ma è il tipo di uomo che una donna come sua madre trova bello, intelligente e gentile!

La pioggia su Parigi si fa più intensa. I tergicristalli stridono sul parabrezza; la loro triste musichetta scandisce i pensieri di Quentin. Pensieri che hanno il colore di una città bagnata di luci sbiadite.

4

Un profumo d'incenso

– Pronto, Henri?

– Sì... Sei tu, Antoine? Ero sicuro che mi avresti chiamato. Eppure avevamo giurato...

– Hai saputo del professore?

– È l'opera di un folle! Non ha niente a che vedere con quel che tu pensi. Ci ho riflettuto anch'io, ma ti giuro che non abbiamo niente da temere.

La voce energica e rassicurante di Henri Lamorrisse non riesce a calmare Antoine Rébouvile. Lui, invece, parla sottovoce nel telefono dello studio, per non destare i sospetti di Laure che sta preparando la colazione in cucina, dall'altra parte della casa.

È sabato e sono le otto e mezzo. Rébouvile si è alzato

di buonora, dopo una brutta nottata, a causa di un incubo che credeva di aver dimenticato.

Alle otto è uscito dall'appartamento e ha fatto i due piani di scale per andare a prendere la posta. Nell'atrio, ha salutato la portinaia che stava facendo le ultime pulizie prima di partire per il fine settimana.

Ha preso le tre lettere nella sua cassetta, le ha guardate distrattamente ed è impietrito, continuando a dire: – Oh no, oh no...

La portinaia si è avvicinata, inquieta. – Brutte notizie, signor Rébouvile? Le tasse?

Il vecchio ci ha messo un po' di tempo prima di rispondere. Tremava come una foglia. Era bianco come un cadavere e la donna, impressionata, ha appoggiato la scopa contro il muro per soccorrerlo. L'ha preso per un braccio e l'ha spinto verso l'ascensore.

– Vuole che salga insieme a lei?

Rébouvile ha nascosto le lettere nella tasca della giacca con un gesto nervoso, poi ha detto: – Grazie... va meglio! È solo un lieve malessere; avrei dovuto mangiare qualcosa prima di scendere.

– Stia attento al cuore! Sua moglie mi dice sempre che non si riguarda abbastanza. Quando capita quel che è capitato a lei, bisogna fare più attenzione.

– Lo so – farfuglia.

Una volta tornato nell'appartamento, è passato davanti alla cucina, dove sua moglie gli ha chiesto se nella posta c'era qualcosa d'interessante.

Ha risposto che c'era solo della pubblicità.

– Il tè sarà pronto tra un quarto d'ora – gli annuncia.

– Lo prenderò un po' più tardi. Vado nello studio.

Nello studio, dove Laure entra solo raramente, nel marasma di libri e oggetti, nella nicchia che si è costruito con il passare del tempo, si è sentito un po' meglio.

Ha tirato fuori della tasca le lettere e ne ha buttate via due, che erano effettivamente solo pubblicità, con le solite promesse di vincite da favola.

La terza busta era bianca! Non portava nessuna indicazione e sprigionava un profumo dolciastro e pepato.

Rébouvile l'ha strappata per tirare fuori un foglio, bianco anch'esso. Stavolta, il profumo si è liberato interamente per consegnare l'angosciante messaggio.

Il vecchio per poco non è svenuto e ha dovuto aggrapparsi ai braccioli della poltrona. L'odore invadeva lo studio, cercando il proprio posto come una creatura viva, rimasta prigioniera troppo a lungo. Ma s'infiltrava anche nel corpo di Rébouvile, simile a un veleno invisibile, subdolo, serpeggiando nella sua memoria per aprirvi porte proibite, dissotterrare immagini urlanti, rimuovendo la terra e la polvere di una tomba.

Il vecchio archeologo si è messo a singhiozzare. In silenzio, come un bambino impaurito, ha pianto.

Dopo un po' di tempo, ha deciso di telefonare al dottor Henri Lamorrisse.

– Al notiziario di mezzanotte, ieri, hanno detto che la polizia ha trovato una lettera bianca e profumata di menta sul luogo del delitto – sottolinea Rébouvile.

– Una coincidenza! Uno scherzo di cattivo gusto dell'assassino che cerca di rendersi interessante!

– Non ci credo, Henri... E ti proverò il contrario.

– Ti ascolto – dice la voce incuriosita del dottor Lamorrisse.

– Poco fa sono sceso a prendere la posta; la rivelazione concernente la lettera profumata mi aveva sconvolto. Ho pensato che potremmo essere anche noi sulla stessa lista di Mélisson.

– E allora? – domanda seccamente il dottore.

– Non hai indovinato?

– Ti prego, Antoine, vai al sodo! Non perderai proprio mai quel brutto vizio di girare intorno alle cose?

– Ho ricevuto una lettera bianca, Henri! Sì, qualcuno ha infilato nella mia buca delle lettere questo pezzo di carta che mi sta impestando lo studio.

Lamorrisse non risponde. Si sente un lungo silenzio

all'altro capo del filo. Quindi, in tono più basso, con voce rotta e meno sicura, il dottore articola: – Olio di cedro o incenso, vero? È proprio l'incenso...

– Come nel 1962 – riprende Rébouvile. – Ti ricordi?

– Che cosa può significare? Credevo che tutto fosse finito, morto, sepolto nella sabbia di Deir El-Medineh. È passato tanto tempo!

Rébouvile ha ripreso il controllo di se stesso, ora che è Lamorrisse ad aver paura; chiede: – Henri, chi è? Chi è l'assassino?

– Non lo so, Antoine. Ma non è quel che tu pensi. È impossibile. «Lui» è rimasto laggiù... in Egitto.

– Ho fatto un sogno terribile, stanotte. Lo facevo regolarmente, tempo fa – dice Rébouvile. – La stessa scena, gli stessi odori! La menta, l'incenso e l'olio di cedro! All'inizio, io, te e Mélisson portavamo fuori dalla tomba il sarcofago dell'architetto Pazer. Noi tre e quell'altro...

– Non è un sogno – l'interrompe Lamorrisse. – Ti sei soltanto ricordato di quello che è realmente avvenuto. Io ricordo benissimo quella giornata, Antoine. Credi forse che possa dimenticarla?

– Ti sbagli – insiste Rébouvile. – Noi abbiamo tenuto nascosta una cosa orribile! Ed è per questo che siamo condannati a morte! «Lui» aveva giurato di vendicarsi. Sento ancora le sue urla...

– «Lui» è morto!

Rébouvile alza le spalle. Percorre lo studio con lo sguardo, indugiando sui mille oggetti egizi che vi sono accumulati. Tra di loro, una statuetta del dio Sciacallo, Anubi, colui che pesa le anime dei morti valutando quel che hanno di puro e d'impuro. Colui che assiste, attento, ai riti di mummificazione e aiuta il defunto a trovare la strada nella regione dei morti.

– Morto? – riprende. – Che parola grossa! Nel mio incubo, ti giuro che era in piedi! Camminava verso di me e più si avvicinava più sentivo l'odore immondo del suo corpo in decomposizione. Tendeva le braccia verso di me, invitandomi a raggiungerlo, mi diceva che mi stava aspettando da trent'anni. Allora ero solo di fronte a lui. Ero terrorizzato come mai lo sono stato in vita mia. L'atmosfera era gravida del suo fetore. Eppure, ciononostante, riuscivo a riconoscere tre profumi... Gli stessi che avevamo scoperto quando eravamo riusciti a penetrare nella sala funeraria di Pazer... Un sospetto di menta, una forte presenza d'incenso e, più grasso, rancido e ripugnante, l'odore dell'olio di cedro!

– Calmati! – gli impone la voce di Henri. – Qualcuno sta giocando con noi...

– Come il gatto col topo! – finisce Rébouvile.

– Sei uno sciocco. Abbiamo descritto quei profumi

nei primi articoli che abbiamo pubblicato al ritorno da Deir El-Medineh. L'assassino li avrà letti e adesso se ne serve per spaventarci. E ci è riuscito, a giudicare dal tuo comportamento. In tutte le tombe che ho visitato, ho sentito lo stesso genere di odore, che deriva dagli unguenti coi quali gli imbalsamatori trattavano il defunto. Lo sai bene anche tu, amico mio.

Rébouvile sente sua moglie che lo chiama per la colazione, e gli domanda che cosa stia facendo nello studio, di sabato, e così presto. Dopo averle gridato che arriva, si rivolge nuovamente a Lamorrisse.

– Credo che siamo già morti... Siamo morti quel giorno del 1962 e «Lui» si accontenta di prendere i nostri corpi. La nostra anima, «Lui» l'ha tenuta con sé nella tomba dell'architetto...

– Taci – gli ordina Lamorrisse in tono imperioso. – Non confondere i sogni con la realtà. Esiste una soluzione logica, non può essere altrimenti! Spero che tu non abbia intenzione di avvertire la polizia.

Il vecchio sospira. – Per dire cosa?

– Niente, proprio niente. Niente! Perché non è successo niente a Deir El-Medineh...

Rébouvile sta per riattaccare, ma prima mormora un'ultima frase: – Certo, nient'altro oltre a quello che solo io e te sappiamo!

Quando esce dallo studio, il vecchio archeologo trova la moglie in corridoio, il volto pieno d'ansia. Gli domanda: – A chi telefonavi?

– Era Henri. Abbiamo parlato di Léonard. L'ha saputo anche lui...

– Hai una faccia! Non avrei mai creduto che la morte del professore potesse metterti in questo stato. Eppure non vi frequentavate più. E anche con Henri Lamorrisse, non vi vedevate da secoli.

Laure Rébouvile gira il collo pieno di rughe a destra, a sinistra, annusa l'aria del corridoio come un tacchino curioso, spalanca gli occhi e fa notare: – Che strano odore! Non lo senti anche tu?

– No, sento soltanto l'odore del tuo tè verde che devi aver dimenticato sul fuoco!

La donna riparte per la cucina, seguita dal marito che strascica i piedi, con un fardello invisibile troppo pesante per le sue spalle magre e ossute.

5

Il secondo delitto di Anubi

Il sabato mattina, Quentin adora alzarsi presto, sapendo che troverà suo padre nell'angolo cottura, intento a prepararsi una colazione a regola d'arte.

– Hai dormito bene? – chiede suo padre.

Quentin risponde alla domanda con un cenno della testa e si siede alla piccola tavola dove l'aspettano la scodella, il litro di latte fresco e i cereali.

– Tu, invece, – fa notare il ragazzo – hai l'aria sbattuta di quando inizi un'indagine. Scommetto che hai pestato sul computer per tutta la notte.

– Esatto! Per di più, ho ricevuto un fax di Mallet che ha lavorato anche ieri sera per poter frugare tra gli incartamenti scovati in un cofanetto della villa di Mélisson.

Quentin ha riempito la scodella per tre quarti dei fiocchi d'avena preferiti, e poi li innaffia con il latte.

– Mmm? – fa Quentin.

– Pensa che razza di scoperta! Sì, una sciocchezza che non serve a niente... La copia ingiallita di un testamento, il cui originale è stato depositato presso un notaio nel 1960, in cui André Mélisson viene nominato erede universale del professore, e due o tre vecchi bloc notes pieni di scarabocchi.

Quentin reagisce subito, dimenticando che di solito si sforza di prendere un po' di tempo prima di parlare.

– Non ti pare strano, papi, un tizio che fa testamento quando è ancora giovanissimo? Nel Sessanta, il prof aveva la tua età, no?

L'ispettore conferma: – Ho fatto il conto; lui nel 1960 aveva trentatré anni e André, suo fratello, ne aveva soltanto diciotto. Penso che il professore, consapevole di quel che avrebbe potuto succedergli durante gli scavi, avesse l'intenzione di salvaguardare il futuro del fratello. I loro genitori erano morti, avevano soltanto qualche lontano cugino che probabilmente non vedevano più, quindi loro due rappresentavano la famiglia Mélisson.

Quentin mastica coscienziosamente i suoi cereali rigonfi di latte e intanto riflette. È tempo che Paperino stabilisca le basi di una prima teoria. Si rende conto che dovrà leggere prima di lunedì tutti i giornali che Diogene gli ha prestato. Pur non comprendendo la ragione che lo spinge a farlo, intuisce che una parte della soluzione si trova negli articoli scritti da Mélisson e colleghi.

I suoi pensieri sono giunti a un giro di boa. Proprio grazie alla natura del delitto, Quentin è sicuro che il caso Mélisson affondi le radici nel passato, alimentandosi di un humus segreto.

«È un omicidio rituale! L'assassino ha escogitato una messa in scena precisa, minuziosa e spettacolare. Il gatto profumato, che bella trovata! Quanto alla lettera bianca che sprigiona un odore mentolato quando viene tirata fuori dalla busta, anche questo è un colpo di genio... Tutti elementi scelti per dare un messaggio. Ma chi è il destinatario? La polizia, i giornalisti? No, credo che tali indizi siano stati seminati per spaventare le future vittime. Per far loro capire che le ha identificate e non colpirà a casaccio. La menta, il gatto... Altre persone sanno a che cosa si fa allusione. Sono dei segnali! L'omicida sta delimitando il suo territorio come un animale predatore... Un lupo? Uno sciacallo... Uno sciacallo, naturalmente. Lo Sciacallo!»

Quentin si sforza di non comunicare tali riflessioni al padre. Se ne occuperà Paperino, con la sua voce nasale da cartone animato.

Comunque, deve chiarire un punto che non gli pare logico. Scegliendo con cura le parole, domanda: – È vero che ieri sera, al ristorante, mi avevi detto che i fratelli Mélisson erano arrabbiati l'uno con l'altro da un sacco di tempo?

– È vero. Mallet l'ha saputo dalla bocca della direttrice della casa di riposo. Ma recentemente c'è stata una riconciliazione, quando André ha manifestato i primi sintomi del morbo di Alzheimer. Mi è parso di capire che, stranamente, sarebbe stato il professor Mélisson a rompere con il fratello, subito dopo essere ritornato da una missione in Egitto. Probabilmente a causa del comportamento del giovane Mélisson, che preferiva darsi alla bella vita piuttosto che lavorare. Il severo Léonard, più grande di lui, non ha apprezzato tale atteggiamento irresponsabile e gli avrebbe immediatamente tagliato i viveri, rifiutandosi di vederlo.

– Eh già – dice Quentin, facendo finta di niente. – Ma allora perché se Léonard Mélisson non sopportava più suo fratello al punto di rinnegarlo, non ha rifatto il testamento? In più di trent'anni ha avuto tutto il tempo per redigerne un altro, non trovi? Salvo riscriverne un terzo il giorno della riconciliazione!

L'ispettore sta per versarsi la terza tazza di caffè, ma si ferma bruscamente e rimane un attimo con la caffettiera a mezz'aria, riflettendo sull'osservazione logica del figlio.

– Mica male! Anzi, direi di più, dottor Watson, la vostra acuta osservazione è molto pertinente!

– Che cosa rispondi, Sherlock?

L'ispettore prima beve la sua tazza di caffè, poi dice: – Farò subito una telefonata a Mallet, per dirgli di raccogliere informazioni al riguardo. Magari esiste un testamento più recente da un notaio, la cui copia non sia stata messa nel cofanetto.

Quentin ha qualche dubbio. La teoria appena abbozzata sta prendendo forma. Ha affrontato il caso Mélisson come un problema di matematica. E come ogni problema ha la sua dose di equazioni, d'incognite e di trabocchetti. Ormai ha tutti i dati sotto gli occhi, e sono chiarissimi.

Gli dispiace che suo padre, considerato un buon poliziotto, non sia dotato di un cervello come il suo. Quentin lo guarda riflettere e indovina che la sua mente non ha aperto un decimo delle porte che lui è riuscito a scardinare.

«Eppure,» pensa «con un pizzico di logica non puoi non vedere le chiavi di lettura! Tutta la storia prende l'avvio subito prima che i due fratelli Mélisson si separino. Il nocciolo della questione sta lì, negli anni Sessanta, al ritorno della missione Mélisson di cui ho leggiucchiato qualcosa nelle riviste di Diogene. Ricordo una fotografia in cui si riconosce il professor Mélisson, insieme ai colleghi. Mélisson era allora un tizio alto, con barba e baffi che gli conferivano l'aspetto tipico dell'archeologo da romanzo. È fiero e arrogante. Così sicuro di sé, del suo sapere, della gloria ormai vicina... Così sicuro di sé!».

Quentin è contento di essere riuscito ad arrivare rapidamente alla pista che suggerirà a suo padre, con Paperino come intermediario, lunedì mattina.

Prova talmente tanta ammirazione per l'ispettore Sébastien Victor, talmente tanto amore per quell'uomo fragile e affettuoso, che farebbe tutto quel che è in suo potere per aiutarlo. E il suo potere è grande.

Agli occhi dei suoi genitori, è un adolescente come tanti altri, magari un po' più in gamba, più vivace.

Quentin ha solo due desideri. Il primo è che i suoi si rendano conto di non poter vivere l'uno senza l'altro. Il secondo è che suo padre diventi commissario. Ha giurato a se stesso che farà di tutto per ottenere questi due risultati. Le sue notevoli qualità intellettuali dovrebbero aiutarlo.

La speranza. Due piccoli sogni di speranza...

Sabato, ore ventitré. La pioggia, sottile e pungente. Parigi soffre il freddo di un nuovo autunno. I grandi viali sono pieni di traffico. Le stradine anonime, buie, sono deserte. Colpi di clacson in una parte della città, grida e risate. Dall'altra parte, il silenzio. E l'ombra...

Una sagoma in impermeabile, col cappuccio sulla testa. Cammina lungo avenue Stanislas Meunier, la percorre senza fretta, si ferma al numero tre, guarda la porta chiusa, invalicabile per chi non conosce il codice d'accesso.

La sagoma è in attesa, rasente il muro, invisibile nell'ombra. Non ha nient'altro da fare se non attendere. Sarà per stanotte, se il destino lo vorrà. Altrimenti, sarà per un'altra notte.

Attendere.

La figura indugia sotto la pioggia, stoica, paziente, perfettamente nascosta.

Compare un'automobile. Frena davanti al numero tre. «Sarà per stanotte!»

Il conducente, un uomo giovane, saluta la sua amica prima di separarsi da lei. Poi la portiera dalla parte della ragazza si apre, si vedono uscire due gambe che agganciano il filo di luce di un lampione lontano, quindi si posano sul marciapiede bagnato di pioggia.

La sagoma attende.

La ragazza è uscita dall'automobile. Si volta verso il conducente e gli manda un bacio sulla punta delle dita. L'auto riparte, scende lungo la strada e scompare.

La giovane, che indossa soltanto una giacca leggera, corre

verso il portone senza guardare né a destra né a sinistra. Digita il codice sui tasti sotto il campanello e si precipita nell'atrio. Preme un interruttore per accendere la luce.

La sagoma attende ancora. Osserva il pesante portone dal quale la ragazza si è allontanata in fretta, lasciandolo richiudere da solo. E il portone sta per ritornare a posto. Lentamente.

La sagoma esce dal nascondiglio, l'impermeabile grondante di acqua. Muove quattro passi. Le sono bastati quattro passi per arrivare al portone proprio nel momento in cui questo sta per chiudersi definitivamente.

Un piede è scivolato nello spiraglio per trattenere il battente.

In fondo all'atrio, la ragazza ha varcato una seconda porta, più piccola, che non ha nessun codice elettronico.

«Sarà per stanotte!»

La sagoma rimane un momento nell'atrio, il tempo che la ragazza abbia attraversato il cortile. Ascolta il picchiettio decrescente dei tacchi frettolosi. Di nuovo il silenzio. In quel momento, la sagoma decide di correre il rischio di aprire la seconda porta, che dà sul cortile di servizio degli edifici.

«Stanotte, nera e umida. Notte da sepolcri! Sono entrati nel tempio mortuario come sto facendo io adesso.

Hanno attraversato la prima sala dopo aver rimosso il pesante masso dell'entrata... Hanno sentito l'odore! Sul muro era dipinto un gatto che li guardava...»

La sagoma attraversa il cortile senza far rumore. Solleva la testa verso una finestra al secondo piano. Si aggrappa alla grondaia dopo averne calcolata l'altezza e aver preso coscienza del pericolo dell'ascesa, quando un miagolio gli esce da sotto i vestiti.

– Zitto! – mormora la sagoma. – Griderai quanto vorrai quando avrò finito il mio lavoro.

Agile, scattante e sapendo bene dove appigliarsi, lo sconosciuto intraprende la scalata del muro. Ben presto arriva a un balcone minuscolo, dove si affaccia la finestra chiusa della cucina dei Rébouvile. Scavalca la ringhiera senza difficoltà e fa una pausa per riprendere fiato. Respira a lungo, con metodo, come sanno fare gli atleti.

Sempre controllando il respiro, lo sconosciuto apre una piccola borsa di cuoio che porta a tracolla sotto l'impermeabile. Ne tira fuori un pugnale e una ventosa. Applica quest'ultima contro il vetro della finestra, poi, con una calma precisa, la mano levata in alto, incide un cerchio quasi perfetto sul cristallo.

La pioggia che infuria in cortile copre il lieve scricchiolio dell'attrezzo mentre taglia il vetro.

Grazie alla ventosa, stacca il pezzo di cristallo che ha tagliato, lo posa delicatamente per terra con un sospiro di soddisfazione e infila una mano guantata nel foro per afferrare la maniglia della finestra.

Non ha problemi nell'aprirla e sgattaiolare subito in cucina.

«Nella tomba dell'architetto!»

Misurando i passi, cammina con le braccia tese davanti a sé; le dita sono antenne che lo avvertiranno degli ostacoli da evitare. Il corridoio... Sa che la camera da letto dei Rébouvile è sulla sinistra, perché ha studiato l'appartamento dalla strada. Questa porta... o quell'altra? Socchiude piano piano la prima. È solo uno sgabuzzino. Ritenendo inutile richiuderla, si dirige verso la seconda. Lentamente. La maniglia non deve cigolare. Basta prendersi il tempo necessario. Lentamente...

È la camera da letto. Distingue due respiri dai ritmi diversi. Un sibilo certamente femminile e un russare ridicolo, fatto di piccoli singhiozzi che lo rendono simile alla tosse di un bambino.

È sul posto.

«La grande piazza di Maât!»

Muove tre passi nella stanza e si ritrova sotto la testa di legno di Anubi. Per un attimo la sagoma, con la schiena contro il muro, troneggia sul letto dei coniugi

Rébouvile proprio come il dio dal corpo d'uomo e la testa di sciacallo.

Con sé, lo sconosciuto ha fatto entrare nella stanza un forte odore d'incenso.

Antoine Rébouvile capisce di essere vittima del suo incubo. Non dovrebbe aver paura. È soltanto un sogno. Nient'altro... Una chimera che rimuove la fanghiglia dei suoi ricordi. Ma il vecchio archeologo non riesce a liberarsi dalla prigionia.

Ha la netta impressione di sentire l'odore particolare che hanno gli incensi più rari.

Sente il profumo abominevole e ripugnante che da trent'anni associa alla morte.

Quel fetore è in camera sua, vicinissimo a lui! È davvero lì.

Apre gli occhi di scatto, issandosi fuori del pozzo tenebroso ove marciva insieme ai suoi pensieri morbosi. Apre gli occhi...

– Anubi?

La domanda riceve una risposta definitiva, che gli trafigge la gola. È come il morso di un animale. Un animale che miagola e ride insieme.

Una notte glaciale si abbatte sul vecchio archeologo.

6

Gli occhi della notte

– Svegliati, figliolo! Svegliati, presto! Svegliati!

La bocca impastata, le palpebre incollate, Quentin vede suo padre vestito di tutto punto che lo sta scuotendo per farlo uscire dal sonno. Il suo cervello registra subito ogni elemento. L'orologio a muro segna le quattro. La luce in corridoio è accesa, così come quella della camera da letto di suo padre. L'odore troppo presente di un caffè riscaldato...

– Che cosa succede? – domanda Quentin, liberandosi delle lenzuola per sedersi sul letto.

– Mi hanno telefonato. Devo lasciarti qui da solo, ma volevo avvertirti prima di andare via perché non ti spaventassi.

– Un altro delitto?

Il ragazzo ha posto la domanda in tono naturale, come se niente fosse.

– Un archeologo che un tempo ha lavorato insieme a Mélisson. Il signor Rabrouvile o Boudeville...

– Rébouvile – articola Quentin, con grande sorpresa di suo padre.

Troppo tardi! La sua fantastica memoria gli ha fornito l'informazione così in fretta che non ha potuto trattenerla. Le sue difese hanno risentito del brusco risveglio e il nome di Rébouvile, colto durante la lettura delle riviste, gli è sfuggito di bocca. Per riflesso.

– Lo conosci? – chiede suo padre, stupito.

Quentin si sfrega gli occhi. Risponde con una bugia plausibile: – In prima media, quando abbiamo studiato l'Egitto col prof di Storia... beh, abbiamo letto qualcosa di Mélisson e di Rébouvile.

L'ispettore sembra soddisfatto della spiegazione.

– Ascolta – dice. – Devo attraversare tutta Parigi per raggiungere i miei uomini che sono già sul posto. Siamo proprio davanti a un serial killer! E questo tizio ha appena ammazzato quel povero vecchio Rébouvile nel suo letto. La stessa punta nel collo...

Quentin fa un balzo sul letto e domanda: – E perché non posso venire con te? Non ti disturberò; me ne starò in un angolino. Mi interessa capire come lavori a un'indagine.

– Ma stai parlando sul serio? Si tratta di un delitto, Quentin! Il secondo delitto di un folle che ha lasciato un gatto puzzolente d'incenso nella camera da letto della vittima! Sono stati i miagolii del gatto a svegliare la moglie di Rébouvile.

Quentin s'infila i blue-jeans sopra il pigiama, senza badare allo sguardo inebetito del padre.

«Un gatto!» sta pensando. «Un gatto che uccide un serpente. La luce che combatte contro le tenebre.»

– Vengo con te, papi. Sei obbligato a dire di sì a causa del nostro contratto.

– Quale contratto? Che cos'altro hai inventato?

Il ragazzo s'infila un pesante maglione blu elettrico, confezionato da una zia daltonica che glielo ha regalato a Natale. Poi puntualizza: – Il nostro contratto prevede che noi restiamo insieme ogni venerdì sera, sabato e domenica. In questo momento siamo nella notte tra sabato e domenica, quindi tu non puoi abbandonarmi qui dentro!

Sébastien Victor sospira, sorride e cede dicendo: – D'accordo, ma ti avverto: tu resterai in macchina! Non voglio averti tra i piedi. Ti prendi un libro da leggere e un termos di latte caldo, intesi?

– Intesi. Prendo solo un libro di fumetti.

Padre e figlio lasciano l'appartamentino. Scendono di corsa i tre piani, attraversano l'atrio illuminato a malapena da una lampada palliduccia ed escono in strada.

Sébastien Victor è furibondo a causa della pioggia sottile e fitta che comincia a bagnargli la nuca.

– È un'imprudenza – dice. – Una vera e propria imprudenza!

– Che cosa? – domanda Quentin.

– Se tua madre sapesse della nostra passeggiatina notturna, non so che cosa direbbe.

– Non vedo come potrebbe venirlo a sapere.

– Non vuol dire niente, è un'imprudenza!

Salgono in macchina. Quentin prova una sensazione strana, nuova. Una sensazione che non aveva ancora catalogato fra le centinaia da lui censite, numerate e omologate. È certamente dovuta alla notte gravida di pioggia, alla scoperta della città presa alla sprovvista, intorpidita e freddolosa, alla presenza di suo padre ansioso, innervosito, che guida a gran velocità, e infine a se stesso, in piedi a un'ora insolita, per andare diritto nelle fauci di un caso criminale. Una sensazione impalpabile, effimera. L'impressione di vivere per un attimo fuori dal tempo tradizionale. Al di là della vita di un adolescente prigioniero dei classici orari immutabili e monotoni.

– Papi...

– Sì?

– È stato l'ispettore Mallet a telefonarti?

– Sì. Era appena stato avvertito del passaggio firmato del nostro «assassino col gatto». Mi ha telefonato dalla sua macchina; si stava recando nel ventesimo arrondissement.

– È stata trovata una lettera bianca e profumata?

L'ispettore si volta verso il figlio, rendendosi conto di non avere ancora pensato a quel messaggio enigmatico.

– Non lo so. Sarebbe interessante verificarlo. Toh, segnalo sul bloc-notes che trovi nel cassetto del cruscotto.

Quentin obbedisce per abitudine, convinto che non mancherà di ricordare quel particolare al padre. Non dimenticherà nulla. Il suo cervello non trascura la benché minima briciola, il più piccolo granello di polvere, nessun atomo d'informazione. È un congegno ideale. Un meccanismo perfettamente lubrificato, una macchina lanciata in una folle corsa che chiede soltanto di essere eterna. Ma talvolta può divenire un fardello troppo pesante. Perché tutto quello che gli occhi di Quentin vedono, tutto quello che le sue orecchie intendono, viene sistemato in strati ben definiti nella sua memoria.

Gli piacerebbe così tanto cancellare certi dolori. Le lacrime di sua madre. La solitudine di suo padre...

La stradina Stanislas Meunier è intasata dalle macchine della polizia, c'è anche un'ambulanza. Le luci blu ruotano in silenzio, proiettando attraverso la pioggia disegni che danzano sulle facciate delle case. Molte finestre sono aperte e, nonostante l'ora, ombre curiose guardano di sotto.

Due uomini con l'impermeabile spingono una barella fuori dell'atrio del palazzo numero tre quando l'auto dell'ispettore Victor Sébastien parcheggia.

– Aspettami qui e non ti muovere! – ordina il padre a suo figlio. – Ti lascio accesa la luce interna... Non hai mica freddo?

– Non ti preoccupare, papi. Vai pure. E non dimenticare...

– Che cosa?

– La lettera – dice il ragazzo. – Controlla se ce n'è una e quale odore manda.

– Sì, sì, la lettera, certo!

L'ispettore scende dall'auto per dirigersi verso un uomo alto, che indossa un giubbotto di pelle e un paio di blue-jeans troppo larghi. Dal suo osservatorio, Quentin sente il padre salutare l'ispettore Mallet.

Nel momento in cui la barella passa davanti a loro, Mallet chiede agli infermieri di fermarsi affinché il collega possa esaminare il minuscolo segno sul collo del cadavere.

Sébastien si china sulla figura coperta dal lenzuolo, già bagnato fradicio di pioggia. Dopo essersi infilato un paio di guanti da chirurgo, abbassa il lenzuolo ed esamina attentamente la gola del defunto.

Un omino con un cappotto nero e il cappello di feltro si è avvicinato a loro e si lancia in un interminabile monologo concernente la ferita.

Quentin riesce a cogliere soltanto qualche frammento delle spiegazioni che i due ispettori stanno ascoltando con attenzione. Ne deduce ben presto che l'omino gesticolante è il medico legale, è stato lui a esaminare il corpo e a individuare la minuscola freccia di acciaio sotto il pomo di Adamo.

Alla fine Sébastien Victor interrompe il medico, rimette a posto il lenzuolo e, insieme a Mallet, entra nell'atrio.

Quentin non si decide ad aprire il libro di fumetti. È troppo attirato dall'animazione che regna in strada e non riesce a staccarsene.

Osserva la scena, registrando dettagli che potrebbero sembrare insignificanti, ma che col passare del tempo il suo cervello saprà riportare in superficie.

Il suo sguardo vaga da una sagoma all'altra, s'inerpica sulla facciata di un palazzo, isolando ombre immobili, incollate sugli schermi di luce delle finestre, ridiscende verso i poliziotti, le automobili...

Per definire meglio i dati prima di affidarli alla memoria, adotta un metodo che spesso mette in pratica. Descrive mentalmente quel che osserva. Ed è facendo tale esercizio che scopre una forma immobile, in fondo alla strada, incollata contro un muro. Un curioso più temerario degli altri che si avventura in questa notte di pioggia?

Ma a stupire Quentin è la totale inerzia della sagoma.

«Se quel tizio potesse fondersi nel muro, lo farebbe di certo» pensa. «Un vero e proprio camaleonte! Non si è mosso di un centimetro da più di un quarto d'ora. Che cosa sta aspettando? Nessuno bada a lui. Sembra che soltanto io l'abbia scoperto.»

La figura rimane nella stessa posizione, il volto nascosto nel cappuccio voltato verso il numero tre di avenue Stanislas Meunier. La pioggia scorre a rivoli sul suo impermeabile, ma lui non sembra farci caso.

Quentin apre la portiera dell'auto. Sa perfettamente che sta per disobbedire a suo padre, ma la curiosità è più forte della ragione.

«Voglio soltanto avvicinarmi a quel tizio... Se cammino lungo il muro e poi lungo il cancello, che si trova in una rientranza, sono sicuro di arrivargli abbastanza vicino per vedere la sua faccia, senza che lui se ne accorga.»

Sicuro di quel che sta facendo, il ragazzo è sceso dall'automobile e, lentamente, scivola nell'ombra del marciapiede dei numeri pari, in fondo al quale la sagoma immobile continua la sua guardia.

L'ambulanza si mette in moto. Un agente di polizia fa un cenno all'autista. Volta le spalle a Quentin e lui ne approfitta per fare qualche passo e raggiungere il cancello che dà su di un cortile. Quindi si nasconde dietro a un pilone di cemento e fa una sosta.

Tutt'a un tratto viene colto da un'angoscia che gli fa venire il batticuore: si è reso conto della sua imprudenza. Si dice che sta cercando di vedere l'assassino, a rischio della propria vita.

La paura che ha preso a scorrergli nelle vene attizza la sua curiosità, lo stimola, dandogli l'impressione di essere divenuto un eroe.

Pur continuando a tremare, decide di abbandonare il rifugio dietro il pilone cui è fissato il cancello di ferro. Sempre con la schiena incollata al muro e, sperando che la figura non volti la testa verso di lui, si mette a camminare a sghimbescio.

«Se le cose si mettono male, devo soltanto gridare. Certo, il mio onore ne sarà ferito, ma è più facile superare una temporanea vergogna piuttosto che una coltellata, una pallottola o la punta di una cerbottana!»

Lui, intanto, osserva.

Guarda compiaciuto lo spettacolo notturno di cui è la causa. Si concede ancora qualche minuto prima di allontanarsi, simile a un attorucolo che si ritira a malincuore dalla scena.

Ripensa all'attimo in cui Rébouvile ha smesso di respirare. Un attimo lacerato nel tessuto dell'eternità! Una polvere di tempo, lucente come una stella. Non dimenticherà mai il momento in cui il professore si è arrovesciato all'indietro nello studio, venerdì mattina.

Quentin non capisce perché non può gridare. La paura lo paralizza, lo fa impietrire. Eppure urla dentro la sua testa. Chiama suo padre come faceva quando aveva gli incubi. Stavolta, l'incubo è realtà e il suo grido resta muto.

L'incontro con l'omicida non è durato più di tre secondi. La figura in impermeabile gli ha voltato le spalle, quasi con naturalezza, e si è messa a correre per lasciarsi assorbire dalla pioggia e dalla notte, dileguandosi.

Quentin ha avuto il tempo di vedere gli occhi dell'assassino. La sua memoria ne ha colto la strana fissità.

7

Tre archeologi

La domenica che è seguita a quella nottata è stata diversa dalle domeniche che Quentin e suo padre hanno l'abitudine di passare insieme. Rientrati verso le sette di mattina, stanchi, sono tornati a letto per dormire qualche ora. Sébastien Victor ha avuto qualche problema ad addormentarsi, dopo aver tentato di mettere ordine nelle ultime scoperte relative a quello che ormai chiama «l'assassino col gatto».

Quentin, invece, si è infilato sotto le lenzuola e, esausto, ha programmato due ore di sonno. Perché anche quella è una delle mille facoltà del suo cervello di superdotato: poter definire in anticipo quanto tempo dormire. Il suo orologio biologico, dall'età di cinque anni, non l'ha mai tradito.

Il ragazzo, poco prima di addormentarsi, si è soltanto chiesto se era il caso di confessare a suo padre di aver visto l'assassino.

Al risveglio, due ore esatte più tardi, ha deciso di mantenere il silenzio sulla sua avventura notturna. Si alza senza fare il minimo rumore per andare nell'angolo cottura a prepararsi una colazione energetica. Ha molta fame ed è sicuro che suo padre reclamerà un caffè non appena avrà posato un piede giù dal letto.

In seguito, è stata una giornata di quelle che Quentin non ama. Lui e suo padre non avevano voglia di far niente di preciso, e hanno ingannato il tempo giocando a scacchi, a carte, parlando un po' del caso Mélisson che è divenuto il caso Mélisson-Rébouvile, andando a passeggio...

Il pomeriggio si distende mollemente in lunghe spiagge di silenzio, dove la noia scava le sue trincee. Piove sempre e l'acqua infuria contro i vetri delle finestre. La notte scende presto. Annuncia l'ora in cui padre e figlio si separeranno, fino al venerdì successivo.

L'ispettore è di umore tetro. Riaccompagna il figlio tentando di animare una conversazione stanca, ma è evidente che la sua attenzione è fissa sull'indagine.

L'automobile si ferma in doppia fila davanti al numero

quattro, avenue de la Porte Brancion, con le luci d'emergenza lampeggianti. Quentin afferra lo zaino che è rimasto sul sedile posteriore e si sporge per abbracciare suo padre.

– Buona settimana, campione!

L'ispettore lo chiama così quando vuole manifestargli un po' di tenerezza. O semplicemente un po' di amore. L'amore di un padre che vede tra parentesi.

– Anche a te, papi. Non preoccuparti troppo...

– Stai forse parlando del mio «assassino col gatto»?

– Sì, sta davvero esagerando. Questo tizio non ha limiti. Credo che abbia visto troppi film. O letto troppi libri!

Quentin scende dalla macchina. Rimane qualche secondo sotto la pioggia a guardare l'uomo ancora giovane, dal profilo marcato, così netto. Gli occhi così verdi.

– A venerdì, papi.

– Farò uno sforzo per non essere troppo in ritardo.

– Non importa!

Poi Quentin sorride e l'auto riparte.

Sono le venti e trenta. Quentin si è chiuso in camera sua dopo aver fatto credere alla madre che avrebbe ripassato la lezione di tedesco.

E non è del tutto una menzogna, perché il libro di

tedesco è davvero aperto sulla scrivania e Quentin di tanto in tanto vi lancia un'occhiata distratta, fotografando mentalmente le frasi sulle quali rischia di essere interrogato l'indomani.

Ma è la lettura delle riviste di *Storia Antica* ad assorbire maggiormente il suo interesse e il suo tempo: in particolare gli articoli scritti dal professor Mélisson di ritorno dalla missione che portava il suo nome, nella valle di Deir El-Medineh.

Vi si parla dei colleghi che il celebre professore aveva portato con sé sul posto, fra i quali Rébouvile, allora giovane archeologo.

Nel 1962, la missione Mélisson aveva lo scopo di riesumare il sarcofago dell'architetto della grande piazza di Maât, il cui nome era sovente citato su molti papiri.

Pazer era stato così esaltato:

Oh Hathor, accogli il tuo figlio prediletto che risponde al nome di Pazer. Viene da te sulla Barca del Tramonto e il suo cuore è puro. Fu l'Architetto della Dimora Aurea. Fu il Maestro dei Numeri e dell'Armonia.

– Caspita! – mormora Quentin continuando nella lettura. – Questo Pazer godeva dei favori divini per attraversare l'Eternità! Doveva essere davvero importante per essere raccomandato in quel modo agli Immortali!

Sfoglia uno dei numeri della rivista, interamente dedicato alla scoperta della tomba di Pazer. Il resoconto descrive nei minimi dettagli i lavori di scavo in cui erano stati impiegati una trentina di uomini, le mille difficoltà insorte a causa della natura del terreno, la paura inspiegabile di alcuni capomastri che consideravano pericoloso il loro compito...

Tra l'altro, il cantiere venne sospeso due volte, per abbandono da parte degli operai. Venne ripreso grazie a nuovi maneggi e conobbe altri problemi.

Gli scavi, iniziati sostanzialmente nell'agosto del 1961, terminarono nel gennaio del 1962. I tre archeologi erano stati abbandonati da tutti in seguito al decesso di due operai scavatori, morti soffocati sotto tonnellate di pietre che i puntelli non erano riusciti a trattenere. Cocciuti, i professori Mélisson, Rébouvile e Lamorrisse riuscirono, da soli, a estrarre il sarcofago dalla tomba, insieme a molti oggetti tra cui i rotoli del Libro dei Numeri...

Tutti e tre vennero decorati ed elogiati per la scoperta che li rese celebri.

«Sì, tre asini testardi!» pensa Quentin. «Tre formiche ostinate che si sono accanite a scavare nella sabbia con le unghie e coi denti costruendo la loro fortuna grazie alla mummia di un architetto; il quale chiedeva soltanto di dormire tranquillo fino al giorno in cui Osiride lo avrebbe preso per mano!»

Poi Quentin picchia con violenza il palmo della mano sulla pagina che sta consultando.

– Tre! – grida. – Erano tre... Mélisson, Rébouvile e Lamorrisse. I primi due sono morti e...

La porta della camera si apre alle sue spalle. La madre fa capolino. Quentin si volta, dopo aver badato a riprendere un'espressione normale.

– Sei tu che fai questo baccano? – domanda sua madre.

– Scusami, mamma. È il tedesco che mi sta entrando in testa.

– Non hai ancora finito di ripassare? Dovresti andare a letto; scommetto che sei stato alzato fino a tardi, da tuo padre.

Quentin scuote la testa. Tutt'a un tratto si ricorda della notte in bianco che ha passato in macchina, sotto la pioggia.

– No, papi era stanco. Sta lavorando a un caso tutt'altro che divertente. Sì, un'inchiesta assurda.

– Del tipo? – interviene la madre in tono interrogativo, stranamente interessata.

Risponde cercando di nascondere alla bell'e meglio

i giornali sparpagliati sulla scrivania: – Hai visto il telegiornale?

– Più o meno. Perché, hanno parlato di Sébastien?

«Ueh, ha chiamato papà per nome. Un punto per me» pensa Quentin prima di spiegare: – Un tizio sta seminando al suo passaggio lettere profumate, cadaveri avvelenati e gatti che odorano di menta e d'incenso. Insomma, cose che capitano tutti i giorni!

Sua madre muove un passo all'interno della stanza. Quentin nota che indossa ancora la gonna, le scarpe ed è perfettamente truccata; il che lo rende subito di cattivo umore. Non c'è dubbio, lei vorrebbe che si addormentasse subito per avere la serata libera.

«Scommetto che la faccia di "Jean-Mélinot-dai-denti-splendenti" spunterà qui dentro tra un'ora o due. Un punto in meno!»

Imbronciato, spiega: – Si tratta di strani omicidi le cui vittime sono degli anziani. Archeologi in pensione.

– In effetti ne hanno parlato al telegiornale delle otto.

Sta per lasciare la stanza quando si ferma un attimo per aggiungere: – Sono sicura che tuo padre riuscirà a mettere le mani sul colpevole. Ho l'impressione che questa indagine sia abbastanza folle da andare bene per lui –. Gli fa un ultimo cenno con la mano e dice: – Dormi bene, Quentin.

– Anche tu, mamma.

Ma è sicuro che sua madre non ha nessuna intenzione di dormire. Con un gesto di collera, butta per terra i libri e le riviste sparsi sulla scrivania.

Ricadendo sul tappeto, uno dei giornali si apre a una pagina dove c'è una fotografia a colori del professor Mélisson. Posa davanti all'ingresso della tomba dell'architetto Pazer insieme ai colleghi Rébouvile e Lamorrisse. La fotografia è stata presa con l'autoscatto, sottolinea la didascalia.

Quentin si è seduto sul tappeto e ha ripreso in mano la rivista per guardare più da vicino la fotografia, banale e sottoesposta. Rimane un lungo minuto a osservare i tre giovani archeologi, indugiando sui baffi e la barba del serio Mélisson, esaminando l'espressione indolente di Rébouvile, scrutando il volto squadrato, il mento volitivo e i capelli radi di Lamorrisse.

– Erano in tre – mormora, facendo scivolare l'indice sulla carta patinata, passando da un volto all'altro per poi fermarsi sull'ombra della roccia che celava la tomba di Pazer. Il dito di Quentin si è posato sull'apertura della galleria che gli operai avevano scavato con tanta pena.

– Tre – ripete. Poi sorride e si passa la mano nei capelli con il gesto abituale di quando ha risolto un problema.

– Non erano in tre. Là, nell'ombra, quella sagoma quasi invisibile... È rimasta incollata contro la parete e nessuno ha certamente mai notato che era una figura umana! Nessuno si è preso la briga di attardarsi su questo centimetro quadrato di foto! Nessuno, perché non c'era niente da cercare, prima che un assassino si svegliasse dal passato!

Quentin si alza. Il suo volto tradisce la gioia; apre un cassetto della scrivania e vi fruga dentro per cavarne finalmente una piccola lente, uno dei pochi oggetti dell'eredità del nonno che sua madre è riuscita a salvare.

Stavolta, chino sulla fotografia ingrandita, può affermare che quel 15 gennaio 1962 c'era una quarta persona, e i professori Mélisson, Rébouvile e Lamorrisse hanno mentito dicendo di essere soltanto in tre sul cantiere!

Quentin si raddrizza, posa lente e giornale, si pinza il naso e dice con voce nasale e acuta: – Tocca a te, Paperino! È il momento di entrare in scena... Metterai l'ispettore Victor sulle tracce dell'attore misterioso che giocava a fare il timido, non volendo comparire nella foto! Avanti, adesso comincia il prossimo atto...

Quentin prende la rincorsa e salta sul letto. Rimbalza due volte prima di incrociare le mani dietro alla nuca e mettersi a fantasticare, naso in aria, guardando il soffitto.

Metodicamente, come un edificio che si sta costruendo da solo, piano dopo piano, la teoria di Quentin relativa all'indagine di suo padre comincia a prendere forma. I mille mattoni, qualche ora prima ancora in disordine, ora si uniscono, combaciando perfettamente.

Ripensa un attimo allo sguardo dell'assassino che ha potuto cogliere nella notte, per qualche secondo. Uno sguardo fisso, senza espressione. Simile a quello di una statua dipinta.

8

Paperino

L'ispettore Sébastien Victor entra nell'ufficio che condivide con Mallet e un nuovo giovane praticante troppo disciplinato per i suoi gusti. Quasi ossequioso.

– Buongiorno, ispettore!

– Buongiorno, Lozec! Mallet si è alzato tardi, oggi?

Il praticante, per il quale la sola idea di arrivare in ritardo è già una mancanza di professionalità, si affretta a rispondere: – C'era un messaggio sulla segreteria telefonica: l'ispettore Mallet è tornato a casa dei Rébouvile stamattina di buonora. Ha detto che l'avrebbe raggiunta nel corso della mattinata.

Sébastien Victor si lascia cadere sulla sedia e getta una rapida occhiata alle schede e agli incartamenti che il meticoloso Lozec ha preparato per lui. – Il capo ha forse chiesto di me? – domanda l'ispettore.

Lozec smette di digitare sulla tastiera del computer, si china verso il suo superiore allungando il collo lungo e magro e dandosi un'aria d'importanza risponde: – No ispettore.

– Dopo tutto, questo caso è davvero così importante?

Lo squillo del telefono interrompe il corso dei suoi pensieri. Solleva la cornetta, e intanto si alza dalla sedia per gettare un'occhiata nell'ufficio della segretaria, da cui lo separano soltanto un vetro e un muretto basso.

La donna che gli ha passato la comunicazione si pinza il naso, strizzandogli l'occhio.

Lozec, che sta facendo pratica soltanto da due settimane, rimane sbalordito davanti a quella scena bizzarra. E la sua sorpresa aumenta quando sente l'ispettore Victor pronunciare queste parole nella cornetta: – Sei tu, Paperino? Sei uscito presto dallo stagno, stamattina!

Sébastien Victor preme il tasto del vivavoce per far partecipe Lozec della sua chiacchierata con l'informatore preferito.

– È pronto a sguazzare un po', ispettore? Cominciamo un gioco nuovo? – dice la voce nasale dell'interlocutore.

– Non sono in piena forma, però voglio tentare un'altra partita con te. Ti ascolto.

– È una ricetta da scoprire...

Sébastien Victor si è seduto più comodamente e ha acceso il registratore.

Paperino continua: – Una vecchia ricetta! Per realizzarla ci vogliono tre egittologi, una tomba sepolta nella sabbia di Deir El-Medineh, il sarcofago di un architetto, qualche gatto, un po' di menta, un pizzico d'incenso e una lacrima di olio di cedro... Mi segue?

– Continua, Paperino. Attualmente credo di avere soltanto alcuni degli ingredienti.

Una risata, all'altro capo del filo. Come la risata di un personaggio dei cartoni animati.

– Lo so, ispettore. Lei ha soltanto due egittologi, Mélisson e Rébouvile, e la menta e l'incenso, vero?

– Hai guardato il telegiornale, Paperino! E hai letto i giornali di stamattina. La tua ricetta è roba riscaldata.

Un'altra risata.

– Al contrario, ispettore! Sto per darle qualcosa di fresco... Le ho parlato di un terzo egittologo e di un terzo profumo. Sapeva che alcune mummie venivano preparate per il Viaggio Eterno con soluzioni mentolate e in seguito venivano profumate d'incenso?

– Stavolta mi fai venire l'acquolina in bocca, Paperino.

– Lo sapevo – riprende la voce. – E non credo che lei sappia che veniva introdotto nelle viscere del defunto un liquore a base di olio di cedro. Tale pozione, in un tempo che il rito voleva di sessanta giorni, serviva a disgregare le viscere del morto.

– Sei una vera e propria enciclopedia ambulante. Ogni volta che mi telefoni imparo qualcosa – dice l'ispettore guardando il giovane praticante.

– Ritorniamo alla nostra ricetta, se è d'accordo. Secondo me, il terzo archeologo, un certo dottor Lamorrisse, tra un po' finirà in padella!

L'ispettore, sempre ascoltando attentamente Paperino, si è messo a fare qualche scarabocchio su di un foglio bianco.

– Lamorrisse, hai detto?

– Le sarà facile trovarlo. Faceva parte della missione Mélisson, dal 1961 al 1962. Anche lui potrebbe ricevere una missiva profumata, insieme alla visita di un gatto che odora di olio di cedro...

– Se ho seguito bene, stai cercando di farmi capire che un terzo uomo rischia di essere ammazzato nei prossimi giorni? Ma da chi?

Silenzio.

– Da chi? – ripete l'ispettore.

– Ecco il pezzo forte della ricetta, ispettore! Il tocco finale! Sta a lei scovare l'assassino. Io non so chi sia.

Un'idea ce l'avrei... Ma è talmente fragile! Su, non perda tempo, e si occupi di Lamorrisse.

– Mi richiamerai?

– Forse. Dimenticavo, ha trovato un nome da dare alla mia ricetta?

– Non ho più voglia di scherzare – risponde seccamente l'ispettore.

– Peccato. Ma fa certamente bene a lasciarla anonima. È un'antica preparazione egizia... Un piatto che si mangia freddo.

Sébastien Victor risponde immediatamente all'ultima frase gridando nella cornetta: – La vendetta!

– Bel colpo, ispettore! – si congratula la voce nasale.

L'informatore ha riattaccato.

L'ispettore rimane qualche secondo, pensieroso, a contemplare gli scarabocchi che ha collegato tra di loro durante la breve conversazione. Tre omini fatti con le aste, tre gatti, tre nomi...

– Ispettore?

– Sì, Lozec.

– Chi era? Con chi stava parlando?

– Non lo so. L'ho soprannominato Paperino. Mi si è presentato come informatore un anno fa. 'Sto tizio è una specie di medium. O un mago. A ogni telefonata mi dà delle informazioni che mi fanno guadagnare un sacco di tempo.

– Avrebbe potuto localizzarlo – si stupisce Lozec. – Basterebbe...

– No – l'interrompe l'ispettore. – Paperino mi ha imposto le sue regole del gioco: non devo cercare di scoprire chi sia. Altrimenti scomparirà per sempre. Il suo aiuto è troppo prezioso, e non voglio correre rischi.

Il praticante sospira un «ah!» pieno di dubbi.

Sébastien Victor si alza dalla sedia dicendogli: – Vado a trovare il capo. Paperino ci ha offerto la soluzione su un vassoio d'argento, e noi dobbiamo tirar fuori l'artiglieria pesante. Visto che la chiamano il Mozart del computer, mi trovi tutto quel che c'è su Lamorrisse, la missione Mélisson, i mammiferi digitigradi e la civiltà egizia, comprese tutte le dinastie!

Il giovane Lozec sbarra gli occhi e scuote la testa in segno di assenso.

Sébastien Victor afferra gli incartamenti che erano sulla scrivania e si dirige verso la porta.

Il praticante lo chiama nel momento in cui sta per lasciare la stanza: – Ispettore!

– Mmm?

– Che cos'è un mammifero digitigrado?

Sébastien Victor sospira con un'aria così seria che

la vittima arrossisce per la sua palese ignoranza. – Un gatto, Lozec! È un gatto! Non vi hanno insegnato proprio niente a scuola?

Quindi esce, non prima di aver strizzato l'occhio alla segretaria, che ha l'udito fine. Ha sentito tutto.

9

Tre uguale a cinque

Si è reso conto che uccidere Lamorrisse è divenuto pericoloso, molto più difficile che schiacciare quei due scarafaggi di Mélisson e Rébouvile!

Ormai la stampa si è impadronita del «Caso dell'assassino col gatto», il che lo fa sentire a disagio. Tale intrusione nella sua intimità, nel suo sogno di vendetta lo fa soffrire. Gli omicidi sono suoi. Soltanto suoi.

Deve sbrigarsi ad abbattere l'ultimo dei tre... Dovrà eludere la sorveglianza che sarà stata certamente dispiegata intorno alla casa di Lamorrisse. La polizia ormai sarà risalita fino al dottore.

Lottare contro il tempo. Il suo unico nemico è il tempo! Ne ha così poco... Ogni giorno che passa gli ruba un po' di energia. Soltanto grazie alla forza distillata dall'odio riesce a portare a termine la sua opera. E poi, soprattutto, ha l'intima convinzione di avere l'aiuto di colui che ha amato tanto, e che riposa sotto le pietre e la sabbia di Deir El-Medineh.

L'ombra di un cadavere murato lo guida, lo incoraggia mantenendolo in vita il tempo necessario. Un'anima straziata, dolorante e piena di odio si è sostituita alla sua. Lui l'ha accolta con generosità, consentendole di rannicchiarsi nel suo rancore, come una bestiola abbandonata.

Come aveva promesso venerdì sera, Quentin, uscendo da scuola, va a trovare il vecchio amico Diogene.

Ha ricominciato a piovere e l'anziano eremita si trova all'interno della cisterna che gli fa da casa. Accoglie il ragazzo con piacere e curiosità, impaziente di conoscere le nuove ramificazioni dell'inchiesta concernente l'omicidio dei due egittologi.

Quentin si è seduto su una pila di libri dalle magnifiche copertine in pelle marrone, e gli fa un riassunto di come stanno le cose.

– Ma allora – dice Diogene – tu e tuo padre non sapete chi è l'assassino!

– Proprio così – ammette il ragazzo. – Però adesso il dottor Lamorrisse è stato messo sotto stretta protezione, sebbene non si noti. Abita in una casa nel cortile interno di una ex tipografia, ad Antony.

Tenendo d'occhio l'acqua per il tè che ha messo a bollire in un pentolino posato su un fornelletto a gas, Diogene domanda: – Quell'ispettore di tuo padre non penserà mica che il criminale sia così ingenuo da finire a capofitto nel tranello? Ormai avrà capito che la polizia ha scoperto il nesso fra i tre egittologi!

– Non è un normale assassino, Diogene – risponde Quentin. – Il nostro maniaco ha bisogno di mettere in atto un cerimoniale per giustificare i suoi omicidi. È quel che ho cercato di far capire a mio padre, stamani, con la voce di Paperino. L'ho chiamato da una cabina, appena prima di andare a scuola.

– Mi hai detto che c'era un quarto uomo insieme a Mélisson, Rébouvile e Lamorrisse. Non sarà per caso lui a uccidere oggi i soci di ieri?

Quentin riflette prima di rispondere.

– Sarebbe una soluzione pratica. Eppure l'ho scartata.

– Avrai certamente le tue buone ragioni – dice Diogene, spegnendo il fornelletto e lasciando cadere nel pentolino un pizzico di tè in foglie.

Quentin riprende: – Ormai sono vicino... vicinissimo alla soluzione dell'enigma! Ne sono sicuro. Eppure c'è qualcosa che mi turba, qualcosa che non riesco a isolare.

Un dettaglio... Una parola o un'impressione! Devo scoprire di che si tratta se non voglio che Lamorrisse subisca la stessa sorte dei suoi compagni.

Diogene si china sul pentolino per vedere se il tè è sufficientemente carico, e, soddisfatto, comincia a versarlo in due tazze.

Quentin continua: – Tre... poi quattro! Si credeva che ci fossero soltanto tre archeologi gli ultimi giorni degli scavi a Deir El-Medineh. Trent'anni dopo, ci ritroviamo con quattro personaggi. Ma, partendo dal principio che l'assassino non è il quarto nascosto nella fotografia, dobbiamo rivedere i dati del problema!

– Ehi, adagio! Non dimenticare che il mio cervello non viaggia in fretta come il tuo. Faccio fatica a seguirti, piccolo genio.

– Eppure è molto semplice; i tre archeologi hanno sempre detto di aver dissotterrato il sarcofago di Pazer da soli. In tutti gli articoli e i libri pubblicati al loro ritorno in Francia, non parlano mai della presenza di un quarto socio durante gli scavi. Ne deduco quindi che se all'epoca erano in quattro, bisogna toglierne uno per arrivare al numero tre rappresentato da Mélisson, Rébouvile e Lamorrisse! Dov'è finito il quarto? È rimasto in Egitto? È ritornato con i tre archeologi oppure...

– Oppure? – domanda Diogene, sempre più attento.

– Oppure è morto! E l'assassino è un quinto personaggio... Sì, ci troviamo davanti a cinque attori. Non quattro, non tre... Ma cinque! Cinque di cui uno morto.

– Torno alla mia prima constatazione, Quentin; malgrado le tue ultime deduzioni, non conosciamo l'identità dell'assassino.

– Non più per molto – risponde il ragazzo.

Dalla finestra del salotto, il dottor Henri Lamorrisse può vedere i poliziotti in borghese che montano la guardia in alcuni punti strategici dell'ex tipografia. Sono in quattro. Uno è appostato in un piccolo edificio disabitato, proprio di fronte, un secondo si è nascosto sotto una tettoia, non lontano dalla monumentale cancellata in ferro che dà sulla strada, un terzo attende in un'auto anonima sulla strada e il quarto monta la guardia al pianterreno, nell'atrio del palazzo a tre piani dove abita il dottore.

Malgrado lo spiegamento del servizio di sicurezza e i consigli rassicuranti del giovane ispettore che si è presentato a casa sua nel primo pomeriggio, Henri Lamorrisse, di solito padrone di sé, è in preda a un'incontrollabile angoscia che si manifesta nei gesti nervosi e in un'abbondante traspirazione.

Lui sarà la prossima vittima... Non può fare a meno

di pensare che il piano dell'assassino abbia dato prova di un rigore logico implacabile.

Ricordando a malincuore il 15 gennaio 1962, sente una nausea prenderlo al ventre, lacerandogli lo stomaco per risalirgli in gola con un acido sapore di bile.

«Mélisson... Che vigliacchi siamo stati con te, povero amico mio!»

Lascia il posto di osservazione alla finestra per dirigersi verso la scrivania, ingombra delle centinaia di documenti che consulta regolarmente per scrivere le sue memorie.

Gli è passata la voglia di mettersi al lavoro. Lascia vagare lo sguardo sui foglietti che ha già riempito con la sua grafia larga, le lettere tracciate all'antica.

«Le mie memorie... Che farsa! Tutta la mia carriera è appesa a un filo. O meglio, a una grossa corda! Una terribile menzogna... E una maledizione che oggi prende corpo! Dunque "Lui" è ritornato, come aveva giurato...»

Va nella biblioteca, piena zeppa di libri uno più grosso dell'altro, dai titoli pedanti e pomposi.

Poi va a sedersi su una poltrona e sospira: – Anubi non dovrebbe tardare.

10

L'assassino

Giovedì. Quentin è deluso, l'«assassino col gatto» non si è più fatto vivo. Comincia perfino a dubitare della sua teoria.

«Non vale la pena di essere un superdotato per stare qui ad aspettare!»

Ha saputo da suo padre, che ha sentito due volte al telefono da lunedì, che il dottor Lamorrisse gode di attenzioni particolari, hanno teso una rete intorno a lui, e sono pronti a catturare la preda. La sua linea telefonica è sotto sorveglianza, la sua posta viene previamente letta da un ispettore...

Il vecchio dottore non esce più di casa. Vive sprofondato in una poltrona, e la lascia solo per mangiare o dormire. Aspetta.

Tutti aspettano. L'ispettore Sébastien Victor, Mallet, Quentin e Diogene aspettano.

Giovedì, ore 19.15. Quentin ha liquidato i suoi compiti in pochi minuti, sicuro che avrà il voto migliore della classe. Sua madre è rientrata prima del solito dalla libreria e si sta rilassando immersa nella schiuma profumata di un bagno caldo.

Di nuovo chino sulla scrivania, Quentin riprende in mano i documenti relativi ai tre egittologi. Conosce tutti i testi a memoria, ma non può fare a meno di guardarli ancora una volta, convinto che non sta cercando nella buona direzione.

Di cattivo umore, sfoglia l'*Express* che sua madre ha portato a casa dalla libreria. Il settimanale ha dedicato qualche pagina all'omicidio dei luminari Mélisson e Rébouvile, con un succinto resoconto delle loro vite.

Distrattamente, Quentin spulcia l'articolo, in cui compaiono le fotografie dei due uomini. Eppure, malgrado la disattenzione, la sua mente registra il minuscolo dettaglio che di colpo getta luce su tutta la teoria. Esamina il giornale, indugiando sul ritratto del professor Mélisson con i baffi e la barba bianca, e si mette a gridare di gioia.

– Stai bene, Quentin? – gli chiede sua madre dal bagno.

– Devo uscire un momentino, mamma. Devo vedere un compagno di classe per una ricerca...

– La cena è per le otto!

– Sì, sì...

Quentin s'infila di corsa un giubbotto, afferra le chiavi e si lancia fuori dell'appartamento.

Si precipita giù per le scale, attraversa il cortile in quattro falcate e si ritrova in strada, dove per poco non fa cadere un vicino di casa.

La cabina telefonica sull'angolo tra avenue de la Porte Brancion e boulevard Lefebvre è libera. Vi si chiude dentro, infila la scheda telefonica nell'apparecchio e compone un numero, col cuore in gola, impaziente e nervoso.

– Ispettore Victor?

– Paperino? Ma è una persecuzione! Non mi hai mai chiamato a casa. Credevo che il mio numero non comparisse sulla guida del telefono...

La voce nasale parla con un ritmo accelerato, e Sébastien Victor se ne accorge subito.

– Ispettore, ha voglia di giocare?

– Stasera! Adesso?

– È ancora in alto mare, ispettore. Non mi dica che non è vero.

– Effettivamente – ammette Sébastien Victor.

– Posso aiutarla a tirar fuori la testa dall'acqua.

– Quando ero piccolo, avevo un salvagente a forma di papero. In questo momento tu me lo ricordi!

– Ispettore – insiste Paperino. – È stata praticata un'autopsia sul cadavere del professor Mélisson?

– Che razza di idea! Ma certo. Fa parte della normale procedura in casi del genere. Abbiamo fatto lo stesso per Rébouvile, con l'accordo di sua moglie. Dove vuoi arrivare, Paperino?

– Non avete notato niente di anomalo su Mélisson?

– A parte la ferita alla nuca, no, niente!

– Gli avete preso le impronte digitali?

Stavolta, l'ispettore Victor si chiede se Paperino sia nel pieno possesso delle sue facoltà mentali.

– E perché avremmo dovuto farlo? – domanda in tono tra l'interrogativo e lo scherzoso. – Lui era la vittima, mica il colpevole!

Paperino si concede un breve silenzio prima di assestare la sorprendente rivelazione: – Ecco l'errore, mio caro ispettore: Mélisson era il colpevole! Come Rébouvile! Come Lamorrisse! Sono i colpevoli di un vecchio delitto e l'assassino li sta eliminando per vendicarsi!

Sébastien Victor non respira più. Non avendo mai trovato nulla da ridire sul suo informatore in un anno di collaborazione, prende tale rivelazione sul serio, anche se gli pare folle.

Mentre sta pensando che non ci capisce davvero nulla, sente la voce nasale aggiungere: – Adesso è il suo turno, ispettore! Se fossi in lei, andrei a fare qualche domanda a una certa persona.

– A chi? – farfuglia l'uomo.

La risposta di Paperino gli provoca un altro choc.

«Non avrei mai pensato a lui!» dice tra sé e sé.

Paperino ha riattaccato.

L'assassino ormai dispone di un'unica via per raggiungere il dottor Lamorrisse senza cadere nella trappola che gli ha teso la polizia. Ha calcolato i rischi, ma sa di non potersi più tirare indietro. Ha conservato una certa agilità nonostante gli anni; la scalata lungo la grondaia per arrivare al balcone dei Rébouvile ne è stata la prova.

Stanotte, soffierà l'ultima punta avvelenata. Con questo terzo delitto concluderà l'opera di Anubi; finalmente la sua vendetta sarà compiuta.

Non può permettersi di attendere.

Ucciderà il dottore stanotte.

L'ispettore Mallet è arrivato a casa di Henri Lamorrisse verso le 20.30, su richiesta di un Sébastien Victor che gli era parso agitatissimo, mentre gli diceva nel cellulare: – Fai la guardia al vecchio! Non lasciarlo mai...

neanche per un minuto! Dormi con lui se è necessario; ti spiegherò più tardi, ma tu sorveglialo come se fosse tuo padre!

Dunque Mallet ora si trova nel salotto del vecchio, con cui divide un pasto freddo. Non si sente a suo agio in mezzo a tutte quelle statuette di legno raffiguranti dèi ibridi, a quelle maschere d'oro con gli occhi vuoti e morti, a quei serpenti di alabastro, quei papiri ricoperti di colonne di ideogrammi, braccialetti, collane, anelli...

La mole mastodontica di Mallet fa scricchiolare la povera poltrona di vimini che Lamorrisse gli ha offerto, e l'ispettore trova sconveniente il rumore che fa.

Intrattengono una conversazione difficile, costellata di silenzi troppo lunghi. È chiaro che il dottore ha paura. I suoi due ex colleghi sono morti a poco tempo di distanza l'uno dall'altro, e teme che sia giunto il suo turno.

Mallet tenta di rassicurarlo col suo caldo vocione: – Non riuscirà a entrare... Stia tranquillo!

– Non condivido la sua fiducia, ispettore.

– Dovrebbe essere un mago per poterci sfuggire. La casa è circondata e io non le tolgo gli occhi di dosso...

– Sarà sufficiente? – sospira Lamorrisse con un tono fatalista.

Mallet si stringe nelle spalle. Perché mai dovrebbe

spolmonarsi per rassicurare quel povero vecchio che trema come se un fantasma gli avesse dato l'appuntamento?

Il poliziotto parte all'attacco di un secondo panino di pollo. La poltrona di vimini scricchiola nel silenzio che è tornato a regnare.

Si arrampica su un tetto scosceso e, dopo essersi trascinato con gran difficoltà, riesce a raggiungerne la cima. Si ferma, disteso sul ventre, lo zaino gli pesa sulle spalle e contro le reni. All'interno, muovendosi inquieto, un gatto gli tormenta le scapole attraverso la stoffa.

Gli manca il fiato. Non pensava che la prova fosse così difficile. Deve rimettersi in marcia, e lo fa come se il suo fosse un cammino iniziatico.

Trascinarsi lungo tetti scivolosi, lasciarsi cadere dall'altra parte del tetto, aggrapparsi alla grondaia e poi, con la sola forza delle mani, sospeso nel vuoto, guadagnare un centimetro, due, tre... Vincere il dolore, dimenticare il sangue che comincia a colare sulle mani lacerate dagli spigoli di metallo, arrivare finalmente a un muretto che si affaccia su di un cortile stretto e buio. Riposarsi ancora un po', respirare lentamente badando bene a evitare l'asfissia.

E saltare dal muro nel cortiletto. Camminare nell'ombra, riprendere la scalata di un alto muro, aggrapparsi come un insetto determinato che nulla potrà fermare. Un insetto che affonderà il suo dardo mortale nel collo di un uomo terrorizzato.

– Il telefono!

Henri Lamorrisse ha un sobbalzo.

– Vado io – dice Mallet, dirigendosi verso l'apparecchio e badando a evitare gli ingombri della stanza, mobili egizi, vasi e cofanetti.

– Sì?

– Sono io, Sébastien! Sei ancora vicino al dottore?

– Non potrei stargli più attaccato; ormai sono la sua ombra!

– Arrivo! Ti sto chiamando dalla macchina...

– Che cosa succede? È per stanotte? – chiede Mallet.

– L'assassino è per strada, amico mio! Sii prudente...

– Come fai a esserne così sicuro?

– Paperino mi ha aperto gli occhi, facendomi vedere la luce. Mi sono assicurato che avesse ragione andando nella tana dell'assassino. Non c'era più!

– Non è mica una prova! – risponde Mallet, ironico.

– Invece sì – riprende Sébastien Victor. – Sii prudente, ti dico! Arrivano i nostri, tra poco il capo sarà qui con i rinforzi.

– Ma chi è l'assassino?

– Un morto, Mallet! In un certo senso è un morto!

Guarda l'orologio. Le lancette luminose indicano le 21.45. Ci ha messo molto più tempo del previsto per arrivare finalmente sul tetto dell'edificio che una volta era una tipografia. Si sporge nel vuoto e osserva il cortile, di sotto.

L'assassino esamina il posto con un'occhiata a trecentosessanta gradi, e scopre il punto dal quale gli sarà possibile penetrare in casa di Lamorrisse: una finestrella che dovrebbe dare sul bagno. Un cornicione che corre lungo tutta la facciata gli consentirà di arrivarci sulla punta dei piedi, i talloni nel vuoto, il ventre incollato al muro, le dita aggrappate alla grondaia.

– Ha sentito?

La voce del dottor Lamorrisse non è che un gemito stridulo.

– Sì – risponde Mallet, alzandosi dalla poltrona di vimini dove stava sonnecchiando.

Ha sentito un rumore indefinibile. Il suono attutito di un passo sul parquet? Una borsa posata per terra?

– Non si muova – raccomanda Mallet al padrone di casa. – Stia lontano dalla finestra, in quell'angolo, laggiù...

Mallet esce dal salotto, accende la luce nel corridoio che attraversa tutto l'appartamento e fa qualche passo. Tende l'orecchio nella speranza di localizzare un altro rumore.

Ci sono tre porte dietro le quali potrebbe trovarsi il pericolo. Sta pensando a quale aprire per prima quando un battente si spalanca di colpo. La porta sbatte fragorosamente contro il muro. L'ispettore ha giusto il tempo di vedere una grande sagoma nera balzare su di lui troppo in fretta per poter reagire.

Un violento calcio nel ventre lo fa piegare in due per il dolore. Quindi un colpo duro e preciso alla nuca lo fa cadere a terra, svenuto.

L'assassino, dopo averlo colpito col taglio della mano, scavalca il corpo e si precipita in salotto.

Sébastien Victor non si preoccupa di parcheggiare l'automobile, e lascia i fari accesi. Il poliziotto in borghese che monta la guardia vicino alla tettoia lo vede scendere di corsa e anche lui affretta il passo.

Stanno attraversando entrambi il cortile dell'ex tipografia quando riecheggia un grido di terrore.

– Accidenti – esclama l'ispettore. – Troppo tardi!

– Non è entrato nessuno! Non abbiamo mai perduto i contatti tra di noi grazie agli auricolari!

– Dai tetti! – esclama Sébastien Victor. – L'assassino è un vero e proprio uomo-ragno! È arrivato dai tetti.

I due uomini si precipitano verso la porta di casa di Lamorrisse.

– Sfondiamola! Mallet è là dentro! – ordina l'ispettore.

Non ci vogliono più di tre minuti per scardinare la porta, con l'aiuto di altri due poliziotti, allertati dal rumore.

Sébastien Victor si lancia sulle scale che portano al primo piano ordinando ai suoi uomini di perquisire il pianterreno. Urla: – Mallet! Mallet sono io!

Arrivato sul pianerottolo, scopre il collega, disteso con la faccia contro il pavimento.

– Mallet, se ti ha ucciso...

Ma il ferito fa un piccolo movimento. Victor non si china per aiutarlo, rimane all'erta, l'attenzione rivolta verso il salotto con la luce accesa dove nulla più si muove.

– Questo odore – nota.

– Cos'è questa puzza? – domanda Mallet, ritornando in sé, la voce impastata.

– Hai finito il tuo sonnellino?

– E il dottore?

– Guarda tu stesso – gli dice Sébastien Victor.

Vacillando, l'ispettore Mallet riesce ad abbozzare qualche passo incerto e guarda nella stanza. Quel che vede è una strana scena nella quale un gatto gioca con la cintura della vestaglia di un vecchio, disteso su un tappeto consunto. L'uomo è morto; tiene gli occhi aperti su di una sagoma alta e magra, in tuta nera, che regge una cerbottana fra le mani ossute.

Con calma gravità, l'assassino si volta lentamente verso i poliziotti, e sorride.

L'ispettore Sébastien Victor, al quale Paperino aveva confidato il nome dell'omicida, dice rivolto a Mallet: – Ti presento il signor Mélisson!

Mallet si aggrappa allo stipite della porta e balbetta: – Mélisson? Ma è morto!

– Il fratello maggiore è morto. Morto nel 1962 a Deir El-Medineh! Ecco il signor André Mélisson, il fratello minore!

11

La «voglia di fragola»

Diogene fa un cenno con la mano. Si porta l'indice alle labbra per dire a Quentin di non far rumore.

– Guarda – dice sottovoce. Una voce così bassa che viene ricoperta dal borbottio della tangenziale.

Indica un piccione bianco che si posa sul tetto della cisterna. Gli si avvicina piano piano, lanciando qualche fischio all'indirizzo dell'uccello. Poi, voltandosi verso il ragazzo, aggiunge: – È la seconda sera che viene.

– Diogene! – si spazientisce Quentin. – È venerdì, sono le sei di sera e io non ho molto tempo.

– Lo so, è la sera che tuo padre arriverà in ritardo come ogni settimana. Bene, torniamo a noi. Eravamo rimasti al momento in cui hai visto la fotografia sull'*Express*, vero?

– Sì, ho notato che il professor Mélisson aveva una piccola «voglia di fragola», proprio sotto l'occhio destro.

– E tu mi hai detto – lo interrompe l'eremita – che sulla fotografia dei tre archeologi davanti alla tomba di Pazer, il professor Mélisson da giovane aveva lo stesso segno... Il che mi pare normale.

– Seguimi con attenzione, Diogene – spiega Quentin. – Sulla foto del 15 gennaio 1962, Léonard Mélisson, che posa insieme ai due colleghi, ha quella voglia. Pur avendolo notato tardi, ho potuto osservare che su tutte le foto che sono state scattate a Mélisson al ritorno dall'Egitto, lui non aveva quel segno particolare! In quel momento ho capito che c'era stata una sostituzione d'identità! Il professor Mélisson che è stato ucciso venerdì scorso non era il vero Mélisson! Da più di trent'anni è la sua controfigura! Un falso! Qualcuno che si è fatto passare per lui di ritorno da Deir El-Medineh, grazie alla complicità di Rébouvile e Lamorrisse. Soltanto con il passare del tempo l'impostore ha potuto perfezionare la sua parte, con l'aiuto delle testimonianze degli altri due egittologi. Ed è sempre nello stesso periodo che il falso Mélisson, senza ragioni fondate, decide di rompere col giovane fratello André, rifiutando di vederlo. Ma certo! Perché André avrebbe subito scoperto l'inganno.

– E allora, chi ha preso il posto del professore? – domanda Diogene, sempre più incuriosito.

– Il quarto uomo! Colui che si cela nell'ombra della fotografia del 15 gennaio 1962. Un socio segreto della missione Mélisson, un avventuriero che aveva ogni interesse a non farsi vedere... Questo, lo spiegherà meglio mio padre.

Diogene si siede sulla sedia pieghevole e, con la testa china in avanti, guardandosi la punta logora delle scarpe, riflette un momento prima di dire: – Accipicchia, è andata così, adesso capisco... Hai riscaldato i neuroni e il computer che hai in testa ti ha tirato fuori questo meraviglioso intreccio di deduzioni, eppure, come hai fatto a capire che l'assassino che viene dal passato era il fratello minore di Mélisson?

Quentin sorride lanciando un'occhiata all'orologio. Dice: – Lì, il fratello ha realizzato un capolavoro! È stato un colpo di genio, il morbo di Alzheimer! Quale alibi migliore di una malattia terribile che ti distrugge la memoria? Il falso Léonard Mélisson se ne sta rinchiuso nella sua villa a Sèvres, da cui esce solo per dare qualche conferenza. Un bel giorno spunta André. Annuncia a colui che si fa passare per suo fratello di essere stato colpito dalla terribile malattia o, se non altro, glielo fa credere.

– Pensi che André avesse scoperto l'inganno? – esclama Diogene.

– Ma certamente. Ha dovuto fare un lavoro simile a quello che ho fatto io. Adorava il fratello, il quale un tempo lo ricambiava calorosamente. A proposito, così si spiega anche la scoperta del testamento nel cofanetto di Mélisson! Il testamento era stato redatto nel 1960 da parte del professore in favore del giovane fratello. Da allora, costui avrà letto tutti gli articoli del falso Mélisson, avrà visto le fotografie, avrà notato alcune anomalie come la voglia di fragola e sarà giunto alla mia stessa conclusione. È evidente, non ti pare?

Il vecchio scuote la testa con un sospiro: – Quel che più mi spaventa, Quentin, è che lui, André Mélisson, abbia dedicato trent'anni della sua vita per realizzare quello che tu hai scoperto in meno di una settimana! A volte mi domando se un giorno il tuo cervello smetterà di svilupparsi.

Quentin fa per alzarsi. Diogene lo trattiene per la manica e gli domanda: – Facendo credere al falso Mélisson di essere colpito dal morbo di Alzheimer, André lo costringeva a fornirgli un alibi. Il sedicente Léonard non poteva permettersi di lasciar scorrazzare un «fratello» imprevedibile al quale, un giorno o l'altro, per un qualsiasi incidente, avrebbe potuto interessarsi la polizia, col rischio che questa risalisse più indietro... Fino al segreto della morte del vero Mélisson!

Quentin si libera delicatamente dalla stretta dell'amico dicendo: – Ora devo proprio andare.

– Ma non hai risposto alla mia domanda! Come hai fatto a sapere che era André Mélisson a vendicare il fratello? Niente poteva fartelo capire.

Quentin si avvia verso la palizzata, poi si ferma un attimo esclamando: – Ho fatto un raffronto... Sai, nella notte tra sabato e domenica, quando ho visto lo sguardo dell'uomo con l'impermeabile...

– E allora? – gli grida Diogene dalla sedia.

– L'uomo aveva una piccola «voglia di fragola» sotto l'occhio destro. Identica a quella di suo fratello!

12

Il testamento

Questo è il mio testamento. Chiedo che venga pubblicato poco dopo la mia morte al fine di rendere omaggio a un uomo deceduto per colpa mia e del professor Rébouvile.

Alla fine dell'anno 1961, la missione Mélisson che continuava gli scavi nella zona archeologica JB-33 di Deir El-Medineh contava ormai soltanto su tre membri ufficiali: i professori Mélisson, Rébouvile, e il sottoscritto.

Eravamo stati abbandonati tutti e tre dai capomastri e dagli operai del cantiere. Con noi era rimasto solo un individuo chiamato Charles Blackstern, di cui abbiamo tenuto celate l'identità e la presenza alla stampa. Tale personaggio, che somigliava vagamente al professor Mélisson, mi aveva contattato al Cairo, affermando di essere stato, un tempo, membro della Corporazione dei Costruttori di Deir El-Medineh. Secondo lui, tale antica società era sopravvissuta al trascorrere dei secoli come alcune altre. In realtà, ero quasi certo che Blackstern fosse soltanto un impostore ben informato e molto interessato al denaro.

L'uomo era brillante e simpatico; riuscì a convincere me e i miei due colleghi ad accettarlo segretamente nelle nostre ricerche, tanto più che in effetti conosceva perfettamente il posto.

La mattina del 15 gennaio 1962, riuscimmo, dopo mille peripezie, a penetrare nella sala funeraria dell'architetto Pazer, dopo aver spostato un enorme macigno.

Come avevo notato anche in esplorazioni precedenti, fummo presi alla gola dall'odore del sepolcro. Era un misto di menta, incenso e olio di cedro.

Ricordo ancora il fetore che mi fece venire la nausea, a me come ai miei colleghi. In seguito, ho raccontato tale sensazione in molti articoli.

La camera mortuaria di Pazer era molto piccola. Le nostre torce illuminarono le pareti che il tempo aveva in parte eroso. Era rimasta un'unica scena allegorica, raffigurante un gatto munito di un coltello che pugnalava un serpente ai piedi dell'Albero della Verità.

Mélisson ci aveva avvertiti. La volta della camera gli pareva friabile, e l'aria che avevamo fatto entrare avrebbe potuto alterare bruscamente la densità dell'atmosfera. Propose di prenderci il tempo di puntellarla.

Eravamo talmente emozionati che lo rassicurammo, dicendogli che non c'era motivo di preoccuparsi. Il soffitto della camera mortuaria aveva retto per secoli, poteva tenere ancora qualche ora!

La mattina venne interamente dedicata all'estrazione del sarcofago di Pazer. Nel primo pomeriggio, malgrado le raccomandazioni di Mélisson, ci fu un andirivieni continuo per portar fuori gioielli e maschere tra cui una, magnifica, raffigurante Anubi.

Mélisson si era unito a noi, se pure a malincuore.

Affaticati, ci fermammo verso le sedici e a Rébouvile venne l'idea di scattare una fotografia con la sua macchina fotografica.

Mentre Rébouvile regolava l'autoscatto, mi resi conto che, nell'euforia generale, avevamo tenuto con noi Blackstern.

Ebbi giusto il tempo di chiedergli di nascondersi nell'ombra della roccia, dietro di noi, di modo che non comparisse sul negativo.

La tragedia successe poco dopo. Avevamo deciso di tornare nella tomba a prendere alcune urne rimaste laggiù. Mélisson ci avvertì che aveva sentito qualche scricchiolio nel corso dell'ultimo viaggio.

Ma non lo ascoltammo neanche stavolta, e lui ci venne dietro dandoci degli incoscienti.

Una volta giunti di nuovo tutti e quattro nella camera mortuaria, sentimmo effettivamente il rumore tipico delle pietre che sfregano le une contro le altre. Polvere e sabbia cadevano dal soffitto. Un sasso si staccò dall'alto per colpire Mélisson alla spalla destra, facendogli perdere l'equilibrio. Cadde a terra.

Blackstern ci gridò di tagliare la corda. Nel panico generale, pensai soltanto a fuggire. Le pietre rotolavano da tutte le parti. Riparandoci la testa con le braccia, ci allontanammo dalla camera, la cui volta sarebbe ben presto crollata.

Soltanto nella galleria che conduceva all'uscita mi resi conto dell'orrore del nostro gesto! Avevamo abbandonato Mélisson, ferito e incapace di fuggire senza il nostro aiuto.

Stavo per tornare indietro quando Rébouvile mi trattenne, facendomi capire che sarebbe stato inutile.

Ci fu un primo grido. Mélisson chiedeva aiuto. La sua voce venne coperta dal borbottio e dagli scricchiolii della volta.

Un secondo grido, ancora più drammatico, lacerò il fragore del cedimento della volta. Mélisson urlava per il panico e il dolore, implorandoci, supplicandoci, chiamandoci per nome!

Lo sento ancora oggi. Sento la sua voce spezzata dai singhiozzi rimproverarci per la nostra codardia... Credo che neppure la morte potrà cancellare dalla mia memoria le sue ultime parole, pronunciate nell'impeto della collera e del terrore: «Ritornerò un giorno per uccidervi! Lo giuro su Thot, Sekhmet e Anubi! Lo giuro!».

Fu così che Blackstern decise di lasciarsi crescere barba e baffi per prendere l'identità di colui che la nostra vigliaccheria aveva ucciso.

Il professor Léonard Mélisson che ritornò da Deir El-Medineh era un impostore. Io e Rébouvile l'aiutammo a interpretare la parte per qualche anno, tenendo così celata la nostra colpa.

Non era difficile mantenere in piedi l'imbroglio. Blackstern aveva vestito i panni del suo modello con raro talento. Non redigeva più niente a penna, e usava la macchina da scrivere per evitare di venir tradito dalla calligrafia. Inoltre, si era allenato a imitare la firma di Mélisson, e la faceva alla perfezione.

Nelle vesti del defunto professore, Blackstern assorbì anche la mentalità di quest'ultimo, fino al punto da divenire ben presto un vecchio orso.

Sovente ho pensato che Charles Blackstern, con il passare degli anni, e certamente per espiare il delitto del

15 gennaio 1962, si fosse realmente fuso con la personalità di Mélisson!

Ritengo che fosse divenuto, a modo suo, Léonard Mélisson.

Un giorno abbiamo deciso di non rivederci più, e di tagliare ogni contatto. Fino a ieri mattina.

In effetti, è stato ieri che il professor Rébouvile mi ha telefonato. Avevamo appreso che Léonard Mélisson era ritornato dal regno dei morti, insieme a un esercito di gatti. I gatti sacri che hanno il compito di uccidere i serpenti come me per far fiorire l'Albero della Verità.

In fede,

Henri Lamorrisse.

Sébastien Victor ha terminato di leggere la fotocopia del testamento di Lamorrisse. Guarda Quentin divorare l'ultimo pezzo di pizza.

– Fantastica la tua pizza, papi!

– Tutto qui quello che hai da dire dopo aver ascoltato la lettura di un testamento come questo?

– Forse ci vorrebbe qualche oliva in più, non trovi? Avresti dovuto metterci qualche oliva nera!

– Mi stai prendendo in giro!

Quentin si pulisce la bocca e scoppia in una risata: – Ma certo! – confessa. – Tu ti aspetti soltanto una cosa, che ti dica che sono fiero di te. Hai risolto il caso in quattro e quattr'otto; complimenti! Sei sulla strada dell'avanzamento, papi. Mi pare già di sentire odore di commissario, qui dentro...

Sébastien Victor arrossisce lievemente. Sta per parlare di Paperino, il quale si merita una parte degli elogi del figlio, ma si trattiene.

– E il fratello André? Quale sarà la sua condanna? – domanda il ragazzo. – Comunque in pochi giorni ha fatto un piccolo massacro. A cinquant'anni suonati, è un bel record.

L'ispettore risponde: – Non avrà nessuna pena.

– Ma no! – si stupisce Quentin. – E con quale scusa ne viene fuori pulito?

– Sarà il tempo a occuparsene. La sua memoria si sta ripulendo da sola.

Quentin ha capito. Lascia concludere suo padre: – È davvero colpito dal morbo di Alzheimer. Adesso è soltanto all'inizio, naturalmente. Ma un medico glielo ha confermato e, tra meno di un anno, avrà dimenticato i suoi tre delitti. Avrà dimenticato tutto... Il fratello maggiore che amava tanto e da cui non tollerava di stare separato, tutte le ricerche effettuate, il piano della vendetta. Il suo cervello si spegnerà lentamente ma inesorabilmente, fino a ridursi a uno stato vegetativo. Ecco la sua condanna...

– E prima di abbandonare la scena, ha portato a termine la missione – aggiunge Quentin. – Doveva uscire dalla casa di riposo con una facilità sconcertante, vero?

– Sì. Aveva fatto credere di essere molto agitato, per cui gli venivano prescritti dei sonniferi che fingeva di inghiottire, quindi scappava dalla finestra la notte o la mattina, prima che arrivassero le infermiere per lavarlo. Ti avevo detto che era un alpinista? È un'informazione che mi ha dato il mio praticante, un ragazzo rigidino, ma che sa fare il suo lavoro. L'ho messo sulla pista dell'assassino non appena ho capito che si trattava di André Mélisson.

Quentin guarda il padre, che non è mai stato bravo a dire le bugie, e nota: – Certo che è stata una mossa furba. Nessuno avrebbe potuto sospettare di un malato imbottito di calmanti in una casa di riposo. Dove nascondeva il materiale? La cerbottana e i veleni?

– Ce lo ha detto al momento dell'arresto. Aveva tenuto una stanza in città, e vi si recava prima delle spedizioni delittuose. Era lì che manteneva i suoi tre gatti.

Quentin si alza dalla sedia per sparecchiare. Dirigendosi verso l'angolo cottura, chiede a suo padre: – Un caffè, commissario?

– Sì, volentieri. Ma non bruciamo le tappe... Avrò bisogno di altri casi come questo per salire di grado.

– E li avrai – afferma Quentin, con sicurezza.

Epilogo

Lui lo chiama.

Il fratello si volta verso di lui facendogli segno di raggiungerlo. Il gesto è lento nella luce dell'estate.

André ha ripreso a correre, e si ritrova vicino a Léonard. Questi gli annuncia che tornerà in Egitto, a Deir El-Medineh. Resterà laggiù qualche mese.

Siamo nel luglio del 1961. Dentro a un ricordo... Un'immagine che assomiglia a una fotografia, che il tempo cancellerà piano piano. I colori sono già meno vividi, il sottofondo è un po' nebuloso, come ricoperto da un velo opaco.

André è triste, ma Léonard cerca di consolarlo, dicendogli che quando tornerà dalla missione andranno in montagna insieme. La voce di Léonard non è più così nitida. Le parole che pronuncia si sovrappongono, per confondersi nella mente di André.

È un ricordo. O un sogno.

Il sogno fragile di un uomo consapevole che, domani, la sua memoria sarà ancora meno precisa. Perché ogni giorno che passa getta sulla sua mente una manciata di polvere, trasformandola piano piano in un sepolcro vuoto.

Solamente tre odori aleggiano ancora, danzando intorno, simili a tre fantasmi eterni.

Indice